在路上丛书

天那边

青藏高原创作随笔

刘斌 著

山東畫報出版社

图书在版编目（CIP）数据

天那边 ：青藏高原创作随笔 / 刘斌著 . -- 济南 ：
山东画报出版社，2018.1
ISBN 978-7-5474-2608-1

Ⅰ . ①天… Ⅱ . ①刘… Ⅲ . ①随笔－作品集－中国－
当代 Ⅳ . ① I267.1

中国版本图书馆 CIP 数据核字 (2017) 第 248285 号

责任编辑 李海峰
装帧设计 李海峰
主管部门 山东出版传媒股份有限责任公司
出版发行 山東畫報出版社
社　址 济南市胜利大街39号 邮编 250001
电　话 总编室（0531）82098470
市场部（0531）82098479 82098476(传真)
网　址 http://www.hbcbs.com.cn
电子信箱 hbcb@sdpress.com.cn
印　　刷 山东临沂新华印刷物流集团有限责任公司
规　　格 170×240毫米
11.5印张 80千字
版　　次 2018年1月第1版
印　　次 2018年1月第1次印刷
印　　数 1-3000
定　　价 56.00元

走向天那边的人——刘斌

刘斌，阳光、刚毅、勇猛、精进、不凡。他长期忘我玄思，其作品总是出人意料。他曾有3件艺术作品让我过目不忘，一是《静观天语》，二是《精神家园》，三是《天那边》，还有他的博士论文《图像时空论》，都属于鸿篇巨制。

记得2001年在清华大学第一届艺术与科学国际作品展中，刘斌的作品《静观天语》曾得到国际评委的一致好评，荣获最高奖。作品由人类各界巨人、哲人、科学家、艺术家、明星、普通人的面孔与各类动物面孔并列，置放于凹凸镜中，形成一面巨大的星座式幻境，一切形象自然变形，最终很像刘斌心中虚幻的镜子，把万象纳入了清虚有无间。

这是刘斌善于从虚幻镜子里玄想的结果，他关注生命的时空和时空里的生命，从时空的大角度看待所有的生物。一切生命如同空间的质点，时间的刹那。每个生命一闪一闪而来，一闪一闪而去，相互映照着，反射着，影响着，每一个闪光里众生的影子重叠着，形成了刘斌《静观天语》的玄象。他对绘画时空的造型与宇宙时空中的造型进行了长期的思考，特别比较性地研究了中西绘画时空之同异。为此，他阅读了大量有关艺术与科学的论著，包括爱因斯坦与毕加索，他把艺术、科学、哲学综合起来进行思考，这是绘画博士生里少有的宏大的探索。刘斌有魄力，目前的作品只是他内心探索艺术世界的一角。

刘斌把他的全部热情都倾注在艺术研究中，从不疲倦，常常为艺术研究而欣喜若狂，为艺术而不安分，为艺术而走向天那边。为了毕业创作，他独自一人奔赴西藏。西藏一行像高原的阳光，照亮了他内心体验生命的每一根神经，他忽然感到走到天的另一边，看到了与城市不同的自然、生活、生命在岁月中的悲喜和神奇。人们为了另一个世界光明的到来，祈祷着，朝拜着，漫漫地跋涉着，辛劳着……刘斌以慈祥的目光、感动的目光、欣赏的目光赞叹着那一切，那是他从来没有过的体验,那是他进入自己心灵的刻骨铭心的记忆,他被洗礼了,他被藏族人民的生活、环境、心境及血肉的沧桑感动了，内心流着黏稠的泪水，写下了这本书，画出了众生相。那不是传奇，那是他灿烂的目光所至。

《天那边》一层层透明的冰山切片式的高原男女造像，相互映叠着，透明、光亮、清澈、晶莹，犹如天空的星座，被刘斌火一样的热情熨烫得平平整整。刘斌让每一个人屹立着，告诉大家《天那边》满地晶莹透明瑞祥，满天亮晶晶泛出圣地的极光。刘斌留恋着那一切，为那天上生命的极光宗教般的跋涉着和探索着。所以《天那边》成为他又一件佳作。艺术的世界确实是另一个星球的世界，刘斌看到了那一个世界，也用自己对艺术的至诚构造着这个世界，用自己对藏族朋友的至爱想象了那个世界。

总之，刘斌对艺术有自己的独见，他很自信，又善于把独见践行到现实。他惊叹天那边生命的圣洁神奇，他深信艺术是另一边天，需要我们离开世尘去跋涉那无人涉足的天。他走在那里，感受着生命在人寰与神界之间生生灭灭的奇迹和美丽。

人生本无乡，心安是归处。刘斌心灵中的艺术世界属于神界，他惊叹自己，也惊叹天那边的吸引力，他不由自主地行走在天那边的路上，虽然那是一条没有终点的路，刘斌仍然兴致勃勃，像孩童一般充满喜悦。

刘巨德

2017 年 12 月于荷清苑

目　录

上久治 / 57

初到阿坝

人的记忆，像一粒粒珍珠，串起了一生的悲喜与荣光。每一粒珍珠，都刻录着一个人几年、几个月、几天或某个时刻所经历的事件和情怀——留下了或平淡、或深刻的印记，抑或，那仅仅是某一闪过的心情、某一特别的瞬间……

这些珍珠是彩色的，随着岁月的轻抚，有些便渐渐黯淡了下去，变得灰暗，变得模糊，以至不再回忆得起；而有一些，却在岁月的爱抚下，愈发明亮、熠熠生辉，色彩也愈发饱满、鲜艳起来……

七年前，2003 年夏季的藏区之行，便是我记忆的珍珠中最绚烂美丽的一粒……

初到阿坝

对遥远的藏区，总有一种莫名的向往，画藏族同胞，也是我多年的心愿。2003年，时值毕业创作之际，有深圳的朋友说他们暑期有一个组织一批画家到阿坝的活动，我可以适时前往阿坝会合，这正好吻合了我的心愿。随即，整点行装，放假不久，7月中旬，便如约前往。

挑战神经的一天

从北京到阿坝的路有两个选择：一是走兰州，辗转到阿坝；另一个从成都到阿坝。后者据说更顺一些，我选择了成都。

从成都到阿坝一路西上，全是山道，大概要整整一天时间，现在正值雨季，路况不好时常会有塌方，很危险，曾有车祸发生——这是我上车前了解到的情况，我并不介意。

成都到阿坝方向的长途汽车站与国内其它城市车站并无二致，简陋普通，有点脏乱。这可是到藏区的车站，我原本以为总会有点什么不一样呢。

车要到七点多才开，我来的有点早，于是坐在车上等，禁不住有点兴奋，有点期待，夙愿就要实现——原始而又强悍的藏族同胞、天籁之声的藏族同胞、生活在天上的藏族同胞……

司机来了，挺干瘦黝黑的一个小伙，看不出是藏族还是汉族，个头不高，短发，没什么特别之处。很快，陆续上车的乘客就有点儿就不同了，形象鲜明，头发蓬蓬的，不少人穿着大袍子，显然是藏袍，并不断出现我所喜欢的形象：有形、厚实、带劲，充满一种原始的野性气息。紧随他们从身边不断挤过，扑鼻而来一种说不清的、挺冲的、挺混杂、挺原始的味道——这应该就是高原的气息吧，我想。

车启动了，在城区边拐了几个弯，与公交车也没什么两样，然而一出城，情形大变，它像撒了欢一样，高速行进。人真不可貌相，貌不惊人的小司机原来车技了得！坐在我身边的，碰巧如我所愿——是一个很棒的藏族小伙子，棱角分明，凌乱卷曲的头发，微黄，尘土混杂，好像还杂有草棒棒，瞧那黄褐色鹰一样的眼神——啊哈，这可是我们这些画画的梦寐以求的形象！车开动不久，我就忍不住一反常态地主动与他搭讪。让我有点意外的是，他只是侧头看了我一眼，并没有应声，停了一下，他竟然离开了……一个藏族女孩坐了过来，说她到红原，问我到哪儿……从她有点生涩而又简短的答问中，我突然晓得了，刚才那个小伙子不懂汉语，是把她换过来与我搭话！

一路上，我们就这样断断续续地聊着，她的汉语也不熟练，所以回答总是十分简短，就几个字，大致是说，她名叫德青卓玛，家里很穷，她一直在家放羊，现在去红原，然后到阿坝，她考上了阿坝州的民族师专，也学习汉语……显然，她能从山里考出来，应该还是挺聪明的。

一辆从身边呼啸而过的货车，使我的注意力转向窗外，不禁心头一阵发紧。这条盘山路原来很窄，纯粹人工开凿，窄的地方不用说了，宽的地方也就刚好能错过两辆车，左边是高山峭壁，右边是悬崖，悬崖下远远望去有一条细细的溪流婉转盘延成一条

弯弯的白线。突然我记起了刚才曾经过李冰著名的旷世之作都江堰……我一下明白过来，那条弯弯的白线原来就是岷江，那可是一条大江呀！可见我们所处位置已经是何等之高！同时我也意识到，我们这辆车开得飞快，朝前面望去，路不时地盘旋到山的背后，根本不晓得背面会是什么情况，是不是有车，是不是也开得同样快……

前面的路况好像出了点什么问题，出现了缓行的车辆，随之很快停了下来。等了好一会儿，车启动，车速很快又飞快如初了。我开始仔细观察前面的路面，发现右边悬崖边缘偶尔会有稀稀落落的护栏，有的已经破损，更多地段都没有任何屏障遮挡，有一处还塌下去了一个半圆形豁口，前面会不会还有更大的豁口或塌落？下面可是万丈深渊呀！我不禁远远瞅了瞅那位貌不惊人的司机，看得见的，只是小伙子的后脑勺：短短的头发，基本不动，看不到他的表情，也不知道他在想什么……

转弯了，很急，迎面冒出一辆大卡车来，呼啸而过。他们两车相错时根本就都不减速！我顿时感到了一种危险，神经也崩紧了，只要司机稍有不慎……

人在危险临头，尤其是面对躲不过去的危险时，其实反而会镇静下来，我当时的心态就是如此：既然已别无选择，这一百多斤就交给他了，随他去吧！

神经放松了，一切似乎也就变得平缓自然了。也不知过了多久，车还在拼命地狂奔，我倒有点儿开始欣赏小伙子的勇猛与胆量了！天天如此，年复一年，不知多少时日，练就了这份高超技艺外加镇静和淡然……

心态平和之时，便会有美景出现，生活中也时常如此。此时的窗外景致，已是奇异，高山峭壁不知何时已不见踪迹，天际一下子变得非常辽阔，除了远方几乎与地面平行微有起伏的连绵山脉，一切都在显示着：车是在山颠行驶！天空的气氛也很不寻常，云压得很低，远远望去，铅灰色的云层后透出了相叠而出深浅不一的橙红，一条一条，似乎暗示着，前方，是一个十分不寻常的所在……

下午时分，车到了像是一个小村落的路边停下来休息。往前的路就要分叉了：往右拐，到红原，往左拐，是阿坝。

一下车，我才发现温度原来已经很低，显然我从闷热的成都一路穿来的牛仔大短裤已不合时宜，又不方便更换，只好忍着寒冷。路上刚结识的要去红原的藏族女孩也要和我分手了，这时我才知道，车上那位小伙子是他哥哥，还有一位更彪悍的也是她哥，我们在路边很友好地合了影，她给我留了学校的详细地址电话，因为我答应了她一件事——我在路上翻阅一本袖珍中国地图时，她显得很有兴趣，或说有点羡慕，她说她们也要学地理的，还问我从哪儿才能买到，我立刻允诺回北京买一本送她。

短暂的相识，似乎也会让人有点留恋，她站在我旁边，目光既没留在我身上，也没固定在什么地方，有点漫不经心却令我略感诧异地悄声问了一句：你结婚

了吗？……自然，条件反射一般，我回答说结了。然而在那一瞬间，我忽然冒出一个念头：她为什么会问这样的问题？如果我没有，她会跟我吗？我会要她吗？……其实她长得蛮有形，也许应该说是另一种漂亮，一种动人：性情率真而又大气，一对大眼睛与眉弓之间挤出两道深凹进去的优美的弧线，使得眼神平添了一份深情；紧抿着的嘴唇扁扁的轮廓分明，像是出自雕刻家之手；身材高挑还透着一种硬朗，如果稍加打扮……你瞧，人就是这个样子，一有风吹草动，就免不了会想入非非——其实明知道这是根本不可能。不过她这顺口的一问，还是给我留下了一种微妙的、好多年后回忆起来还会带有一点温度的美好心情。顺便说一句：回京后，毫无疑问，我当然很快将承诺付诸实施，给她寄去了地图册和合影照，之后她还主动打电话给我，自我称作"你的好朋友"。几年中通了几次电话，她应该早就毕业了，自此不知去向……

天已傍晚，远远天地相接处，或许应该说天和一片山峦形成的地平线相接的地方，原有的一抹浓浓的紫红已渐渐消解分离，天地开始交融，变得难以分辨，周边的一切都笼罩在了一种非常透明的蓝色光晕里……

车像在天地之间飘浮，车朝向的前方，就是阿坝。

意外邂逅

说是邂逅，其实也谈不上，虽说我们从来就没见过面，但却同在一辆车上待了一整天，这就是在去阿坝路上坐在我身后的一个藏族小伙子。

红原站下车的人挺多，本来十分拥挤的车子这会儿显得空落了许多，我换了个位子坐了下来。开始，我没有觉察到身后有个小伙子早就注意到我了，当我听到有人用挺标准的普通话向我打招呼时，委实有点诧异！他问我是不是去阿坝？显然，他是听到了我在路上和藏族女孩的对话，当他听我说是来自北京去阿坝画画时，马上显得热情了许多，他说他是在北京上大学，刚刚毕业，叫杨智。没想到在此时此地会遇上一个来自北京的藏族小伙，难怪他的普通话说得这样好！我不禁扭过头仔细地打量了他一下，并一下就接受了他——很年轻

硬朗的小伙子，浓眉，太阳色，长得朴厚结实，看神气像一个读过书的人，处处透露出一种见过世面的诚恳。或许是常年生活在北京的原因吧，他乍看上去有点儿像内地人。小伙子家住青海久治县城，离阿坝不远。他非常诚恳地邀请我如有时间可去找他，我问他家住得离牧区远不远，可不可以见到牧民，他说不远，很方便，我顿时热情大增，要知道，我们这些画画的，就喜欢往最原始、最能体现藏区原貌的地方钻，越与世隔绝越好——这正是我此行的目标！我很细心地将他留给我的电话号码收好，心里悄悄涌出一种喜悦，像一种暗示：我说不定会去找他，说不定还会再见，这是不是我们通常所说的那种"缘"？

我们在阿坝分手，正是我们缘分的开始。

莫名的胸闷

阿坝到了，看一下表，晚七点半，从发车到现在正好一个对时。虽然是夏季，若在北京，此时天也应该黑了，可在这儿好像有一点不正常———一切都还清晰可辨，令人有一点惶惶然。从周边街铺的气氛判断，这儿应该是一条重要街道，不太宽的街面，行人稀稀落落，因急着找住处也就没再停留打量。

就在不远的路边，有一个不大的院子，像是个私人家庭旅店，进小院，拥挤、幽暗。胖胖的女主人并不太懂汉语，她问了句什么，我虽然听不懂但也知道大概什么意思，于是连忙点头，而背着大背包的我来意也很清楚，用不着多少交流。她没有再说一句话，领我沿右手墙角一条又窄又陡的木梯上了二楼，房间黑乎乎的，所幸墙根有个矮矮的朝向街面的窗子。

第一次住进藏族人家，还真有点儿不适应，屋里很暗，打开灯依然亮不了多少，只是给室内染上了一层黄晕，很有点睁不开眼的感觉。床铺显然曾有许多人用过了，瞧那颜色，很可能也不怎么换洗……我也顾不得这许多。因为透过临街的带有围栏的脏乎乎的小窗，我看到有不少来回晃动的人影——那可都是我感兴趣的藏族同胞！

我赶紧抓起相机，见人就拍，唯恐错过，出于一种说不出的紧张心理，还恐怕给人看到……随之不禁哑然——这是在藏区，还怕不够拍的。

有点饿了。

走出小店找饭店，天已暗下来了，心中不禁微微有一点点担心，藏胞们会不会不友好？毕竟这是一个陌生的地方，不同的民族，语言又不通……不过这种担忧很快便消散了，大街上的人都是自行其是，各顾各的，几乎没有什么人注意你。

入夜，应该有十点多了吧，别无事，和衣躺在床上，心想，明天换个干净的地儿。随即，又盘算着深圳的画家们还有几天能到，据说他们与当地有关部门有关系，该会有不少活动吧，会安排很多写生吧……终于到藏区了，我要画大量的人物，神态各异，都是精壮汉子，还有年轻的女性，正面的、侧面的、背面的……

突然，我被一阵强烈的胸闷惊醒了，喘不上气，说不出是一种痛还是一种闷，这可是有生以来从未体验到的感觉，不由得一阵慌乱。我爬了起来，开灯，下床，

窗外匆匆赶路的藏区居民

心想，坏了，半夜三更，人生地不熟，医院也不知道在哪儿……

稍稍镇静了一下，我恍然意识到：高原反应！据说这儿海拔有三千多呢！看一下表，三点多。哦，我早就听说过有关高原反应的事，可到阿坝后一直没有什么感觉，就把这茬给忘了。找到了原因，胸闷好像也减缓了一些，心情也就平静了下来。为什么睡前还好好的，现在却反应得这么强烈？可能是原来身体储存的氧现在已经耗尽了，更有可能是因为夜里没有阳光缺少光合作用，在这个时段氧气最少……我觉得自己找到的理由挺充分挺有道理，不由得有点得意。现在唯一要做的，就是慢慢等天亮——太阳会升起，氧气自会多起来。稍后，又想起好像有谁说过，身体越好，高原反应就越严重，因为需要的氧多，反过来说，反应越强烈，说明身体越好。想到此，我竟又有了一丝得意。我一向很自负，以身体“抗造”为自得，多少年来，外出写生或出差，不管是到哪儿，不管是上山还是下海，几乎从未得过病，既不发烧，也不闹肚子，吃得下，睡得着，也不像其他人那样总会带点什么药，我相信自己身体的适应力，天一亮，一切就会好起来……

唉，我是得意得太早了！

尘埃落定之地

虚惊过后，昏昏沉沉好像又睡了一会儿。早上起来，就在楼下小饭店吃了早餐，饭菜除了没有猪肉只有牛羊肉外（牛肉很硬），其它很常规，与内地并没有什么两样。

天色阴郁，灰的。

我开始在街上逛了起来，打眼望去，确乎有一点儿异国他乡的味道，有一点古朴又有一点原始，最显眼的，是街上除了不少穿着各式各样花里胡哨服装的藏族同胞，还出现了许多穿长袍的僧人，长袍颜色不像我们熟悉的少林寺僧人们所穿的土黄或中黄的那种，而是偏红色的，有的有点像红褐色，有的还要暖一些，还有的颜色偏紫红，深浅不一，不知道它们是不是代表了某种身份。我是第一次看到这身打扮，还是蛮新鲜的。这些僧人好像挺无所事事的，三五成群地在街上溜达，脚上穿的，竟然多数是黑皮鞋，可有一个却打着赤脚……昨天我已经领略了高原的温度，已经把所带的衣服全穿上了，他赤脚踩在这冰凉的地上会不会……他长的样子有点凶，大鹰钩鼻，冷漠的眼神，好像也注意到了我，但只是定睛看，木木的，没有什么表情，我暗中较劲，和他对视了一会儿才走开——我还是蛮镇静的！

阿坝县城并不大，可以说是一个小小城，最繁华的街道就一条，东西走向，有一个挺大的坡度，东边低，西面高，顺大街的侧面有几条通向南部的街道，街两边也是店铺，最让人感觉不同寻常的，是小城南侧毗邻一条同主街平行的，横贯东西云雾缭绕的不高的山脉，像一堵高高的护城墙，紧紧罩护着整个城区，使得阿坝县城很有了一点天上人间的味道。

藏族百姓的住房大多数是黄土培起来的，表面抹得挺光滑，方方的，窗很小，好像也不多，大概是与保温有关吧。院子基本是每家都有，有很多院门非常漂亮，装饰着美观的金属花纹图案，还有从没见过的又有特点又好看的锁，很能显露

出当地的风俗民情。一个新鲜的发现是，有家院墙粘满了深褐色的、成团块状的东西，一个接一个连成一片，富有形式感，好看！我开始以为也是一种装饰物，很觉别致，就想当然地接受了，再未细看——直到好多天后才知道，那是一团一团的牛粪！听说阿坝原来多数人家都以牛粪为燃料，既方便省事，又便宜干净，还无味，拍在墙上便于晾晒。曾几何时，阿坝每天清晨都会有人专门来城里卖牛粪干，想象一下：透过晨曦轻雾，满城传来不绝于耳的叫卖声……

令我意外又颇感幽默的是，在路过一个小胡同时，伴着一阵轰鸣，胡同里突然拐出一辆摩托车，上面骑着一个高大的僧人，穿着长袍，带着墨镜，摩托车在他硕大的身躯下几乎就看不见了，简直就是在忍受欺压！路很不平又是下坡，车子蹦蹦跳跳拐拐拉拉地咆哮而去，身后扬起了一溜烟尘。本以为出家人只会烧香拜佛念经，不沾人间烟火，原来，出家人还会开摩托。观念是有点陈旧，低估他们了！

想起了要换个住处，打听到县招待所不错，过去一看，的确整洁，很有点政府机关的味道，是一个挺大的院子，大门很宽面西，西南角上还开着一个门厅，办理入住手续。院内沿墙侧全是客房还有回廊，能洗浴，挺理想。

几个女孩服务员会说汉语，很热情。找好房间，我顺便问了一下医院在哪儿，原来县医院就在离招待所南侧不远的斜对面，这也算是未雨绸缪了吧。

招待所旁边就有饭店，其实就是昨晚吃饭的那个店。老板是汉族人，成都上来的，交谈很方便。中午吃饭时向他说起了高原反应的事，他很热情地给我冲了一杯白糖水，说会有缓解作用，慢慢适应了就好了，又反复告诫我不要喝水太多，如果感冒了很容易得肺气肿，一得了肺气肿就有生命危险，就他所知曾有一个人因此丧命等等，还说就连他们自己如果住在内地，三四月份也不敢上来，也会有反应受不了，因为那个季节氧气最少……

走到阿坝县城的西头，北面不远处有座寺院，规模挺大，那时我还不知道这就是著名的格尔登寺。有不少转经房，沿着地势起伏排列，横向纵向都有，错错落落，有的有点像庙宇，华丽高大，有的也挺简易，仅只是一个长长的廊房，门留在长廊的两端，打眼看去足有近百米长甚至还不止。有不少转经的藏族同胞鱼贯而入而出，口里振振有词。有些硕大的经筒分量还真是不轻，从它们吱吱呀呀拼命挣扎似的响声中就能听出，转动它们该是多么吃力。我看到，转经者大多是老人，还有年轻些的妇女，经常会看到有人怀抱婴儿，大概也是为孩子早早祈福求安吧。女人们推动大经筒时全部都是腰板挺直，身体前倾，以髋关节为轴，这是他们很有特点的弯腰的姿势，而不是像汉族老人那样像个鸵鸟似的驼着背。这些人中有人明显年事已高，拄着拐，脚步已不那么灵活，大多数人却一个个都是步履匆匆，像在赶路，看上去好像有什么东西在前方召唤。最触动我的，还是他们磕头时的景象。

寺院附近，转经房旁边的一块空地，三三两两有几个妇女正在磕头，或叫长拜，其中有的头发花杂，还有一位已是白发苍苍，早到了为尊为贵的年龄，也和其他年轻人一样，毫不懈怠，磕起头来并无二致。

不好形容她们磕头的方式——绝对不像我们通常所知：地上干干净净铺块软布垫，规规矩矩跪下，双手伏地，前额似着地不着地上下几下……她们先是双手合十高高举过头顶，然后下弯下蹲双手落地手掌上翻随之猛然前伸整个身体向前仆倒在地，身躯完全伸展挺直，在有坡度的地面看上去会像是一张微弯的弓，从没见过有谁会像他们这样把自己的躯体如此慷慨地扔在地上，完完全全交给大地，埋入尘土，然后，再起，再仆……她们的面前有的铺有一块破布，有的干脆就是除了泥土光秃秃的啥也没有，仆起的尘灰笼罩在她们身体周围。

我不由想起多年前曾有人告诉我他所亲见藏族同胞用身体丈量大地的故事——身背干粮，一路餐风露宿的信徒们，从青海到拉萨，一步一叩头，他们手上多会套一种类似木屐的板子，木板在前仆滑动中被磨坏磨烂，然后再换，这一路上不知会磨坏几双，没有人监督更不会是给什么人看，这在汉民是绝对干不出来的！可以想象，如此漫长的路……以致有的人就长眠在这条长拜的路上……

不知是藏族同胞的内心的虔诚品性吻合了这种宗教，还是这种宗教的神秘圣洁吻合了藏族同胞的民族性情，他们就是这样一个民族：全民信教，义无反顾，一代又一代……

如果你不懂得什么叫五体投地，就来看看五体投地；如果你不晓得什么叫虔诚，那就来体验一下虔诚！

一个远道而来的游人，初来乍到，不了解这儿的历史，也不晓得这儿是不是《尘埃落定》上所讲述的那个神秘古老的地方——有过土司，有过纷乱，曾经发生过那么多神奇的故事，然而却真切地感受到了，这片高原热土，一定是拥有着一种神秘，一种力量，一种足以让人为之将躯体性命抛之不顾的信念。这就是我那天看到的阿坝——一个尘埃落定之地。

黑药丸的作用

中午过后，就感觉情况有点不对，总是气喘吁吁，行动也迟缓了许多，一条窄窄的沟壑，宽不到两米，若在平时，一步跨过简直就不在话下，而现在，跨过后却要站在原地弯腰喘息半天才直得起来。到了六点多钟，就更严重了，走路基本就像一个老者，慢慢腾腾步履维艰，并且伴有越来越严重的头痛，捱到傍晚时分，饭也不想吃了。我明白了，高原反应我是抗不过去了。

县医院已下班，只有一个值班的护士，还好，挺热情，叫来了一位挺温和的中年女藏医。她仔细询问了我的病情，安慰了我两句，说吃点藏药吸两袋氧就好了，说话的语气亲切而又轻松，很让人宽慰。我晓得，这类病状在此处应是司空见惯的了。

拿着医生给开的药和两个小氧气袋，我迫不及待地吸上氧，马上便觉得有点神清气爽了。打开药包，发现原来是几粒圆圆的小药丸，黑黑的，小小的，不禁一下联想到济公和尚身上搓下的泥蛋蛋。应该与这也差不多吧，那可是能包治百病的宝贝,这该不会是活佛或什么高人圣僧身上的积存物吧？当然不会，这是藏药！到什么地方用什么药，肯定有效，这才叫对症下药！

一袋氧吸完，停了一会儿，感觉还没完全好，心里有一点纠结：现在用还是等更难受时再用？最后，忍不住还是把第二袋氧也吸上了，心里还在想，如果还不好，明天再去医院。

不知是氧气的作用还是黑药丸的神奇，反正第二天头不疼了。小小的黑药丸，还给了我大大的自由。

阿　戈

我那位深圳的朋友及深圳的大部队终于到了。这一哨人马大致有小二十人，除了一个资深首领，其余大多是年轻人，他们也住在了县招待所。

一个藏族小伙子适时出现了，他负责这些人的各种活动安排，大致充当了一个导游的角色。他名叫阿戈——一个很藏族风格的名字。

看得出来，阿戈挺能干，豪爽，很有人缘。深圳那一帮子画家中不少人同他认识，其实认不认识都无关紧要，转眼间他就成了大家谈笑的中心。

在出行的车上，大家起哄让他唱歌，他顺口唱出了让我至今都在吟唱的词句，歌词出自一个藏族诗人之手：

默默地向你挥挥手，
告别我们轮回的缘分……

歌声一起，沙哑的嗓音一下便把我带到了一个恍若虚幻的境地。这是灵魂辞世时留恋的顾盼回眸；告别尘嚣时轻盈喜悦的高歌……

高原，赋予这些诗句别样的韵味。

阿戈是我这次藏区行后一直交往下来的第一个藏族朋友。他个子中等，肤色挺重，眼睛大而微凸总是有点发红，鼻梁直挺，鼻头有点尖尖的显得挺冲，宽宽厚厚的嘴唇颜色较重，上唇稍稍上翻迎接着下探的鼻头，绕嘴一圈的小胡子短短密密，总之，整个看上去颇有点沧桑感，应属于藏区挺汉子的那种。他带着一顶总是帽沿斜向后方的黑色太阳帽，穿着摄影背心，蛮像个酷酷的摄影师——其实他就是个业余摄影爱好者，在后来的交往中，他给我看了他拍的大量作品，还出过明信片，全是我们不易看到的藏族同胞生活场景。阿戈的汉话讲得如此之好，让人不会想到他竟然不识汉字。他告诉我，他很想出本书把自己多年的

拍摄经验介绍给藏族同胞摄影爱好者，让更多的人方便学习，他甚至自创了不少藏字来对应摄影的专业术语，因为他说如果将汉字直接对译过来，很容易产生误解，譬如，镜头，译成藏语就成为“镜子做的头”，显然相去甚远。他苦于不太晓得摄影方面的汉语专业术语，因为自己不能识读，后来，我夫人来到阿坝，按他要求，把一本薄薄的汉字摄影技法书从头到尾给他念了一遍，录了音……

阿戈是个还俗出家人，据他说还曾到过印度。问他为什么还俗，他说为僧十年，恪守戒规，但在寺院里每天生活都比较规律雷同，他是一个想为自己这个民族多做些实际事情的人，总觉得自己的愿望在寺院里实现不了，尤其他喜爱上了摄影后——终于，他卖掉了自己小小的僧舍，换了一台二手相机。

与阿戈相处中还有一件小事令我感慨，那就是大家一起外出时，凡到比较偏远些的山里，阿戈身上总会带着一个塑料袋，将沿途的碎纸屑、饮料罐等垃圾随手拾起带到山下，他说，这些地方没人捡垃圾，他有责任把它们清理干净。

出家人还俗后是可以结婚的，然而阿戈没有成家。在我看来，他这种有能耐的人应该是不愁娶妻的，不知何故拖到现在，有时我们会谈起这件事，他也会提到外面曾有什么人非常喜欢他，结果是，他不满意——没有感觉。瞧，凡是和艺术沾点边的人，都挺麻烦！哎，生老病死婚丧嫁娶，皆属天意，谁能左右得了……只有天晓得的事，还是随缘吧！不过，我还是希望他能成个家，既然还俗了，就再俗一把。

妖艳的花

住宿的招待所门口，有一个不大的花池，方方的，水泥砌成，非常普通，里面种了几棵五颜六色的花。开始，我一点都没有在意它们的存在，只是路过时偶尔瞥一眼。忽然有一天那位深圳的朋友神经兮兮地告诉我说：这儿种有罂粟。罂粟？它可是大名鼎鼎、臭名昭著的呀！不过我是从来没见过！好奇心驱使下，忙问在哪儿？他说就在门口，就是那池花！我以为听错了，国家明令禁止栽培的罂粟怎么会公然种在大庭广众之下？看错了吧，出于好奇，我跑到了花池旁……

细细观察着花池里那些不起眼的半大不小的花，是挺鲜艳的：黄的，粉的，紫的，一根根枝干细细长长，头上顶着七八片单单的花瓣，我怎么也不能相信，这怎么可能是那种邪恶的花呢？那种花应该是非常不寻常的，一眼就可以感觉出它的恐怖邪恶……随着漫无边际的联想，眼前的花似乎也妖冶了起来，越来越娇艳，扭动着身姿，飘着媚眼，诱惑地笑……

一阵迷惘过后，我再定睛一看，还是那么普通：薄薄的花瓣，简简单单。本来么，花怎么会邪恶呢？怎么就会有高贵，有富丽，就如玫瑰，怎么就能象征爱情呢？人赋予了它们这么多，而它本来长在那儿，自生自灭，自由自在，就那么在天地间自顾自生长着，什么也不是什么也不管，原本就是这么简单！

县招待所里的花是不是罂粟，或者说是不是罂粟中的一个品种，至今我也不清楚。不过，我后来倒是在山野、路边时常见到模样差不多的这种漂亮、妖艳的花。

活　佛

阿戈安排我们上午去见活佛，活佛是领队的老朋友。

活佛，这在我的心目中可是一个挺遥远神秘的人物，好像只是活在传说里，

现实生活中从未得见。现在，他却突然近在咫尺就要现身到面前了……知道藏族地区有灵童转世的故事，那可是前世高僧的再度降临，本以为只有西藏才有，原来阿坝也有一个，他会是什么样子？

我们驱车前往，在离阿坝不远的东南方向远远看到一片房屋，是个村寨，同样都是土坯砌成，错错落落，有点像高低不同大小不等的方块积木，与普通藏族同胞的住所并没有什么两样。几个出家人早已站在那里等候我们。

对面走来的僧人中有一位年长者，身材高大略显清瘦，率先迎上来与大家热情握手——活佛，应该就是他了！我还没顾得上仔细端详，便随着簇簇拥拥的人群来到了一个有挺大场院的空地上，进入一个蛮高大的房间——原来里面还有一个走廊，沿廊墙根坐着一些小男孩，是些小僧人，地上零乱地摆放着一堆鞋子，应该是里屋的人穿的。

里屋是一个装饰华丽、长方形的大堂，席地相对坐有四排僧人，坐前面的比较年轻，可能是些徒弟，坐后排的比较年长，显然身份要高一些，原来他们正在上早课。

身材高大的活佛走到摆有供桌的前台，端坐下来，身后反衬着堆满大小佛像的壁面，显得很有威严。他抑扬顿挫地说了一番话，下面的僧人们也随着他的音调发出一阵阵应合，嗡嗡作响……记得还有不少仪式，整个过程庄严肃穆。我们这些不速之客掺杂在里面只顾拼命拍照，相比他们俯首虔诚的样子，显得十分地不合时宜，好在我们谁都没敢出声。

功课完成后，跟着活佛四处参观。随后，活佛带我们去他家。

活佛的家很近，绕过几个弯就到。我一直跟在后面左顾右盼，前面的人群已经拐过了街角。忽然，我听到一阵低沉的狗吠，那声音所具有的威慑力不禁令人毛骨悚然！走进院子才发现，原来那帮人正在围着一条狗拍照。这狗，怎么比喻呢，可以说是我所见过的最恐怖的一条狗，它虽被粗粗的铁链子拴着，个头也不大，但仅凭那充满野性的眼神就会让人心生恐惧不寒而栗！这可是活佛家的狗，就是不一样！

我随手拍了一两张照片就朝屋里走，活佛正给已进屋的人介绍着什么。我一只脚刚刚跨入门槛，忽听身后院里一阵骚乱，我一下又退了出来，事故已经发生了……

原来这条被拴得紧紧的狗只能在铁索长度半径内活动，呲牙咧嘴狂扑了半天却一个人也够不着，也不知它是厌倦了还是别有居心，蜷缩回系着索链的铁柱子旁趴下了，悄无声息地匍匐着，也不叫了，俨然是对这帮怪模怪样的艺术家失去了兴趣。有一位女士，竟然莽莽撞撞地走近前去拍照，一下就进入了它的活动半径……这条貌似漠不关己的狗突然一跃而起，来了个饿虎扑食！幸亏在这位女士身后站着一位手疾眼快力大无比的男士，掐着她的肩膀头一把把她拽了回来。应该说是万幸，她的牛仔裤只是被撕开了一个小口子。惊魂未定的她很快发现，大腿好像也已出血，于是马上被送到车上查看……

阿坝是没有狂犬疫苗的，活佛也不知该如何是好。后来，好像是只找到了一点紫药水，只能求佛祖保佑吧！伤并不重，她继续跟随大队行动。半年后，我到深圳，据说，她的腿伤还没有好。

骚乱过后，大家被领进一间挂着满满的各类佛像、唐卡和佛家用品雍繁华丽的房间，这样的房间被当地人称之为“佛堂”，每户藏族居民都会把家里二层楼最好的一个房间留出来供奉佛尊。

活佛开始介绍他家的一些珍贵物件，大家紧紧围着他，不断地唏嘘——有来自印度的金身佛像，有来自西藏的唐卡，还有来自其它宗教国家的各式器皿。其中最神秘的一件器物，是一块不大的青石板，上面深深地烙下了一个清晰的手印，活佛很郑重地向大家讲解着它的来历。我站在人群外围有意无意地听着，模模糊糊——这一定是一个了不起的前世高人留下的某种显示超自然力的印证，抑或是……？自然，从我的心思来说……将信将疑。

室内斜上方窗子射进一束像雾一样朦朦胧胧的光，笼罩在活佛的身上，晕化出一分神秘，这时我才注意到，原来活佛长得端庄周正，看上去是个挺和蔼善良的人，估计道业应该不浅，威望也高。他个子高高的，少说也有一米八以上，不知他是不是来自那神圣的佛门法规的认定，也不知是不是都要长成这个样子才能当活佛。

有故事的小男孩

在活佛做完早课之后，还有过一件令人将信将疑的事。

活佛慈悲，收养了几个孤儿，他们自然也就都成了活佛的小弟子。我们在大房间参观早课时看到过——那群规规矩矩紧贴墙根坐成一排听法的孩子，现在都坐在院子里的草地上读经，也可能是学文化。他们一人手里抱着一个包有红布的木板，上面放着几页印有文字的纸片，我从背后探过头去看了半天，是藏文，龙飞凤舞 挺好看，不认得。

这些孩子都挺拘谨，怯怯的眼神回避着走近他的人。活佛拉过一个孩子告诉我们，这孩子知道他的前世……随后，活佛好像在讲述一个挺不寻常的故事。我站在人群外围，也没听说清说些什么，反正我原本就不怎么在意这些事，不听也罢，不过有一点，我还是心知肚明的，听与不听，在佛家圣地，却不可造次！像我们这些荤素杂食之

人，何以在这天高皇帝远的佛家圣地横生猜忌妄生邪念！不过，说实在的，大千世界，高天阔土，谁晓得有多少我们不知不晓看不见却又真实存在着的事物？我倒真希望这世间能多一点神秘，多一点未知，我们的灵魂脱壳时也能有一个晴朗安逸的去处，若有兴致便可随情随意天上人间来往周旋一番。

不过，我不要前生来世的荣耀，只求今生今世心怡情满。

饕餮盛宴

从活佛家出来，他亲自驾车带我们来到山间一片空旷开阔的草地。驱车行驶在阳光与葱郁之中自由地纵横转向，给人一种别样的爽快，真带劲！

高原正午的阳光热情无比，火辣辣地让人睁不开眼。在山前一片空空的绿地上，奢侈地搭起了一个艳丽无比的大彩棚，像一只巨大无比展翅欲飞的花蝴蝶。棚内草地上铺着茸茸的地毯，矮矮的条桌上堆满了瓜果梨桃各种饮料外加肉排食物，在色彩斑斓的光晕辉映下，大家一个个看上去都花里胡哨红光满面兴致勃勃。各就各位后，活佛与领队各自说了许多热情洋溢祝福答谢的话，看得出他们关系很密切。随即活佛便相邀大家品尝美味佳肴。

草原自制的酸奶是很别致的，清香纯粹，甘甜醇厚。更引起我注意的是被人悄声推荐的高原特产，一种称为人参果的一串串小豆豆，它们看上去有点像微型小地瓜，颜色也差不多，应该是某种植物的根吧，尝了一下，面面的，微甜，有点熟土豆的味道。《西游记》里的人参果干脆就是个光屁股小娃娃，吃一个即可长生不老，不知这儿的人参果有没有如此神力。

席间，活佛的弟子们给我们表演起了“斗法”——一种很具观赏性的辩论方式。两队人马分庭抗礼，一方出人出论题说道理，另一方进行辩驳，据说都是有关佛学、人生、

死亡以及对世界看法的大问题，很有点大学生辩论会的意思。我们饶有兴致地欣赏着他们煞是生动的辩姿——问方一人站立，右手扬起，一番宏论结束的同时左腿向对手跨进一步右手有力下劈，身体被带动着自然前倾弯曲，后脚跟翘起并将这姿态保持一小会儿，而对方则盘腿席地岿然不动，轻扬手臂三言两语，俨然是一副不屑理论的神情。这样一来二去几个回合，双方又交换过来一问一答。由于我们听不懂他们的语言，不知是否辩得精彩，到头来也没弄清楚哪方为赢。

现场还有一幕让我大开眼界：我们刚到时，活佛的弟子们也围拢过来，齐刷刷掏出的长枪短炮——相机，一点也不逊色于我们，原来这些念佛吃斋远离红尘的出家人不仅会开摩托开轿车，还会使用现代化“武器”！

盛宴举办于高天阔土之间，果然饕餮！

今生修来世

阿坝州有十三个县，阿坝的格尔登寺是阿坝州最大的寺院，据说已有近三千个僧人。至于这些僧人都在做什么，阿戈告诉我，他们每天都要上课学文化，天文、地理、医学、科学样样都有，就像上大学一样。我要问，那他们就是要一辈子都在寺院里了，学完这些再做什么？阿戈说，那就是“修”。今生修来世，修便是他们一生要做的事。那和老百姓的修有什么区别？阿戈的回答也蛮有意思：都一样，区别在于，他们是专业的修，为了专心致志修成正果排除一切干扰，所以他们不结婚。人间有爱，有恨，所以有烦恼，他们不结婚正是为了要排除这一切！阿戈继续说：修有三个境界，第一是看透人间世事无常；第二是要修出慈悲之心，为众生；第三，便是空。所谓空，是指无常，世间万物无不是相互影响相互依存，也就是说，独立存在本质完全不同的个体是没有的。修成这三个境界，你便可以成佛。

我不禁想起当年的我，曾是那样的心高气傲信誓旦旦：宁肯少活十年，换取轰轰烈烈丰富多彩哪怕短暂的一生，也不凡凡庸庸苟活百年……看来，观念相去甚远。

我来到寺院绕着外墙慢慢转来转去，旁观着这许许多多虔诚的来去匆匆的信徒们，对于他们，死亡只不过“等于换衣服”——这便是他们的生死观。他们相信，只要今生多做善事，多转经筒多诵经多祈祷，来世便可重返人间享福贵而不至于下地狱变畜牲恶鬼。可以想象，假若你相信了这一切，内心该是充满着怎样的希冀，怎样的敬畏，怎样的谦恭宽慰和快乐。

自然，作为一个从艺者，我最感兴趣的，还是画在墙壁上的那些神秘莫测美轮美奂说不清道不明的壁画。

格尔登寺院的壁画，技艺还是蛮高超的，首先看寺院主殿前厅外墙的壁画，那威武雄壮的四大天王，那抱着六道轮回圆盘的愤怒无比的天神，还有高高在上的释迦牟尼……藏区的壁画，不似敦煌壁画的华美飞动，尤其不像盛唐时宏大的艳丽，弥漫着人世间的雍容华贵享乐气息，而是透射出一种非人间能有的，或说更虔诚更对灵魂具有震慑力的威严，即便是狞厉恐怖，也会给人以一种莫名的诱惑和震撼，视觉冲击那是相当强烈，不知信徒们看着它们会作何感想？

西面长廊的壁画幅面相对小了许多，但是却很多，满满的一整面墙，画满

了各种姿态的金刚鬼怪，同样非常精彩。总的印象，色彩饱和度非常高，冷暖对比出乎常规地狠，狞厉的形象和激烈的色彩传递出一种肃杀和血腥的气味，尤其那些蓝色身躯的牛头金刚，手舞带有人头颅的脊骨，怒发冲冠愤怒无比，就连那夸张的阳具也是气鼓鼓的“满脸通红”，脖子上还挂着一大串用正在流血的头颅制成的项链，煞是凶悍，足以震慑妖魔鬼怪魑魅魍魉！令人有点诧异的是，牛头金刚的身边还紧贴着一个一丝不挂的蓝色女人，据说那是他的妻子，同样是义愤填膺同仇敌忾。他们身下的坐骑是一头威猛无比的神牛，神牛足下踩踏着的，肯定就是伏法的那些恶人坏蛋了。其实还有一些让我印象深刻的画面，是在转经房的墙面上，是一些技艺不怎么高明的小画，手法有点稚拙，画面也不讲究。有个画面上画了个手持长飘带的人，双脚直接从后背弯过来，直接探到两颊旁边，整个身体悬浮在空中，不知是表演杂技还是在练瑜伽。另一张画面更是刺激——一个人腰身无比柔韧，往后弯折翻转成了一个圆圈，双脚落在肩上，竟然把割下来的自己的人头顶在颈上，怒目圆睁，很是恐怖！

从长廊往外观看，有一个场景，令我驻足：寺院正殿里好像正在举行什么挺隆重的仪式，人坐得满满的。不少年轻僧人，也就十几岁吧，堵在门口往里观望，随着一个的大块头僧人的厉声喝斥而一哄而散。寺院门前广场上还有不少年轻僧人三五成群，或交谈漫步，或匆匆走路，更有几个一边嬉笑一边追逐着到处乱跑，就和社会上小学校课间休息时的情景一模一样——青春年少，一样的孩子，一样的快乐。只是，不一样的身份，不一样的未来，不一样的人生……

画面的含义，我自己说不好能理解多少，更不晓得那些普通僧众们能理解多少，然而有一点却是显而易见，那就是这些壁画上的形象，一定会激发人的联想，人们会设身处地、或身不由己地将自己的生活和画面上的那些图景建立起某种关联，并按自己方式去做、去行事、去待人、最终最终，其实也就是确立起一个简单的信念：多行善事，佛祖便会保佑；今生修好，来世不下地狱入天堂……

我不由窃窃地想：也真是有意思，基督可以代人受难，基督徒有了过错还会跑到神父面前祷告忏悔一番，然后便释然，好像他们的过错罪孽全都留给了

神父，自己便一身轻松得到了宽恕得到了安慰，好像已经洗心革面又可清白地走开重新做人。老百姓倒是不同，有灾有难了便会求佛祖保佑洪福齐天，穷困潦倒了便会求佛祖赐福升官发财，生不出小孩还可以求菩萨给个大胖小子，这些人通常都是临时抱佛脚，头疼医头，脚疼医脚，只要烧柱香，磕磕头，拜拜佛。藏族的信众就不同了，他们是苦修整个今生，求得来世平安。

草原上的舞蹈

据说下午有个大型表演要在县城西面的草地上举行，我当时也没弄懂到底是什么表演，只是兴致勃勃地跟着大伙儿一起乘车赶去，其实那儿离县城距离很近，回来时多数人都是步行返回的。

一片开阔的草地上已经满是熙熙攘攘的人，他们中有很多身着盛装头戴礼帽，也分不清楚哪些是演员哪些是观众。人们围成一个大大的圈——反正草地大得很，有的是空间。这一个大圈看上去挺有意思，有里外三层，第一层是人，第二层紧挨着人群的，是摩托车、自行车，第三层则是各类小轿车、公共汽车、大巴车。三个层次似乎暗示出了人群的三个层面，由低到高，倒是显得挺立体

有层次。据说此场演出是为宣传阿坝文化专门组织的，肯定会有一些相关的重要人物或团体到场，规模盛大。

我对表演什么倒还没怎么顾得留意，只是拿着相机到处乱逛，一会儿靠近，一会儿远离，围着人群团团转，反正是只要见到感兴趣的人就拍。

有人借着扩音器喊了些什么，表演开始了。

首先出场的，是一队身着盛装的男女，没想到藏族的服饰如此丰富，华丽大气，色彩纷呈，一点也不像我们概念中的简单样式——就像当年著名藏族女歌手才旦卓玛身上穿的那种带横道道的长裙，今天展示的服装是各不相同变化多端，女人都带着礼帽，满脖子挂的都是大玛瑙珠子，实在是太多太大了。我真佩服她们脖子的承受力，腰上还佩戴着华丽无比的大宽腰带，上面也是扣着一个个大玛瑙。据说这就是藏族牧民历史传承下来的特点——由于经常随牧场迁徙，所以把所有的家当都挂在了身上，长此以往，演化而成一种服饰特色。

藏族同胞的身材就是不一样，厚重华美的服饰，掩饰不住女人们丰韵婀娜的腰身，长袖飘飘彩裙扭动，可谓是姿态万般！

男人身上这类玛瑙赘物就少多了，但穿在身上的衣服那叫一个多，层层叠叠，又是毛皮又是腰刀，高高的大彩靴子，也可称得上是一个花红柳绿花枝招展！他们雄赳赳地站成一排一起往前迈步，煞是威风！

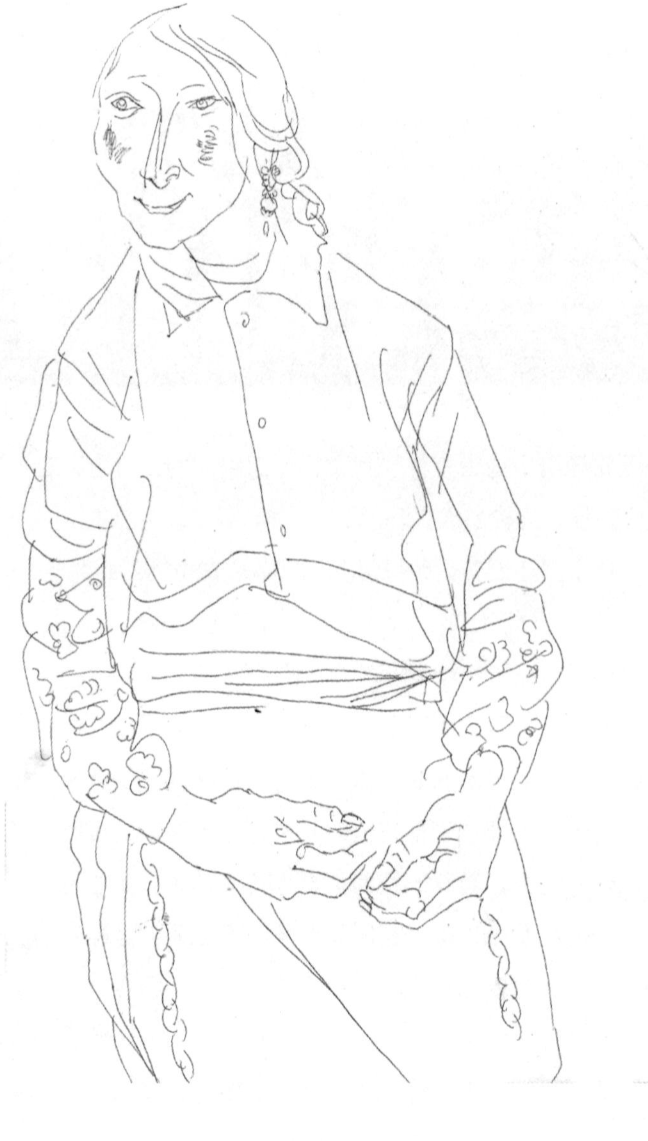

服装展示完毕，舞蹈开始。先是一群全都留着长长络腮胡须的藏族汉子（当然是假的，我到藏区这么多天就没见过一个留胡须的人），他们头上扣一顶有点像清代官员带的那种小圆帽，不过是白色的，尖尖的顶上系着一缕红红的穗头，白衣裤蓝围裙，人人抱着个类似吉他的乐器大踏步地前进，边跑边跳，显得有点滑稽。

最精彩的，还是要说最后的舞蹈。带着很好玩的白色毛绒边彩帽的十几个姑娘，扎着一头千丝万缕的细辫子，绿地红花的上衣，豹斑纹裙边，白裙子系在腰上，两条长长的白色袖筒攥在手里甩来甩去上下翻飞，红靴子踩踏着绿草地跳得是节奏鲜明铿锵有力，我最佩服的，还是她们的腰肢——那叫一个神奇：想怎么扭就怎么扭，想怎么弯就怎么弯，有时你会觉得她们扭动的幅度之大看上去都像要使上下身脱节了！最令人难以置信的是那个弯腰向后仰下去的姿态，双手牵着袖筒像拉锯一样晃着双肩，就这样晃动着向后面仰下去，仰下去，以致早以超出了常人可以承受的弧度，简直就快倒在了地上，可她们就是不倒，还会自如地再将腰身慢慢挺起，再后仰，再挺起……

人群后面不远处，一长溜山峦矮矮地，很像是人工的舞台背景，连绵不断，

天空很干净，蓝得令人难以置信，几朵白云懒懒散散漂浮着，在浓浓纯纯的蓝天映衬下分外鲜明。整个背景——蓝天、白云、山峦，看上去都很不真实，似真又假，很让人有点迷幻……这个背景，就是一个舞台，在这个天地大舞台上，藏族同胞们在上演着自己的舞蹈。其实，人人都在上演着自己人生的舞蹈，只是背景不同。

夕阳西下，天空暗了下来。最后一个项目：篝火——不知从哪儿弄来的一些大块的树枝树干，倒上油，点燃，火光冲天。

人们跳起了圈舞，观众们也加入了进来，大家牵着手再次围成一个大圈圈，绕着篝火又跳又唱，火光映照在脸上，暖暖的，一片红艳，背部却消融在一片灰紫灰绿交织的夜幕之中。

狞厉的美

各民族文化中，都有一种狞厉的东西，不知为什么，它们会流传了下来，而其中最直观最形象化的呈现方式，就是脸谱。

汉文化中这种原始野性的东西保留至今并依然常见的就相对少了一些，早期商周的饕餮纹，面目狰狞，精神意味强悍，是各类神兽的大融合，无比经典，然而不管它当时会是多么样地威震八方显赫一时，现在都已成了不声不响陈列在博物馆里供人观赏的标本，生活中再无现身。如果说民间的舞狮还保留了一些远古的容貌，那些失却了早日的震慑和威严的脸谱，业已成为一种带有娱乐游戏性的庆典仪式上的贵客了。

阿坝跳神时所带的脸谱，却是不同。它们是活的，因为这些形象就在身边，就在寺院里的大墙上，就在转经房里所有能见到的边边角角，就在一年一度的莫兰木节（音译，祈祷的意思）的跳神表演中，也就是说，依然活在藏族人们虔诚的信仰中。

莫兰木节在每年的农历正月初三到正月十五之间，跳神就在其中的某一天，我们在阿坝是七月份，并没有这项活动，听说也是为了配合宣传阿坝文化，同前面所看到的“草原上的舞蹈”一样，是省里特别组织拍摄的两项活动，我们

坐享其成，赶上了。

跳神的场面还是很壮观，就在格尔登寺大殿前一个挺大的广场上举办。大队的年轻僧人坐在西侧长廊前，密密麻麻一大片。紧靠着他们坐着一大群小男孩，年龄都差不多，不知是不是些小学生。长廊两侧拐角处还挤着一堆僧人，伸头探望，普通藏族百姓则熙熙攘攘地坐满了广场南侧。北面，正殿廊柱后躲着不少僧人，大概是一些“剧务”人员。最引人注目的，是大殿前面架起了一架大彩鼓和两根巨大无比的长号，金灿灿的长号周身布满银饰，扎着彩带，前面号口里面竟然是大红色，这是我从未见过的涂色长号。它们大头放在地上，小头架在一个矮矮的、做号架用的虎目圆睁的铜像双肩上，显得威风凛凛，俨然不可冒犯。我不禁有了一个大大的疑问：如此巨大的号角，除非有神功，靠人力真得能吹响吗？

呜……一阵小号齐鸣，众神开路，最前面的一队人马从寺院正殿转出，令人不安的是，虽然他们的衣着色彩纷呈艳丽无比，有着像南方农民所带的竹编草帽那样的大帽檐，上面装满了饰物，还各自系着一条长长的色彩不同的饰带，然而帽子边缘却垂下了一圈黑布，脸上还盖着一块，他们低着头绕场子转了几圈，做着一些整齐划一又有点诡异的动作，顿时整个广场笼罩在了一种神秘肃杀的气息之中。

随后出场的是位身披长长的深红色僧衣，头戴高高扁扁向前探出的大黄帽子的僧人，他们的肩部被什么东西撑开来，出奇地宽，高高耸起，后背挂着一条一直垂到地面的宽宽的银饰带，慢慢腾腾地绕场移动着，打眼望去，像是一排巨型老鹰，很是壮观！

最生动的形象出现了——两个蓝色牛头护法神捉对出阵，他们舞姿矫健，铿锵有力，节奏感很强。紧随其后，有狮子头、鳄鱼头、鹿头，还有一些说不上来的各色大头神纷纷登场，前面那些黑脸神也返场助阵。顿时，怎么说呢，满目神怪，群魔乱舞……恰在此时，鼓声大震，那巨大无比的长号也不失时机地发出了嗯、嗯的声音，像沉重的鼻音一样短促沉闷。离得有点远，始终没能看清有如此神力的人长什么模样，竟然能降伏这般超乎寻常的庞然大物！

跳神，无非是要告诫人们：神的法力无边，多行善做好事，神就会保佑你，如若违背神的旨意，必将难逃惩罚！

愿阿坝的神，佑护当世良善之人！

散兵线

深圳来的画家们在阿坝的活动结束了，取道郎木寺，打道回府。

通往朗木寺的路偶尔也会穿越峻岭山坳，这儿的盘山道可不像成都来阿坝时的危机四伏，而是在非常开阔的空间视野里盘旋，凌空下望，蜿蜒扭动，美哉壮哉，唉，谁能比得上自然造物鬼斧神工的大手笔呀！

这条路总起来说比较开阔平坦，缓缓起伏的公路旁不时会出现成群的羊，黑黑的帐篷，挤牛奶的女孩，赶路的藏族民众——不管是老迈女人、年幼孩童，还是精壮的汉子，骑在马上疾驰奔腾的劲儿，那叫一个威风！有时，你也会看到一个有意思的情景——可能是为了抵御高原强烈的阳光或凌厉的寒风，不少人会把一块布或是一条毛巾蒙在脸上，只露出眼睛，有的还是竖条斑马纹的，猛然一见，还真有点吃惊，远远望去很是奇特，有点像古老的中世纪的骑士。路上，时不常还会遇到骑单车弓腰赶路的外国人，这种游客在中国好多边远的地方都有所见，中国人干这事的人可就少多了，咳，差异差异，就是不一样。

一路上大家兴致不减，不时跳下车来抓拍这游走于天地之间的生灵美景，骑马的年轻藏族小伙有时也会停下来配合一下，摆个造型然后继续前行。浴阳光迎八面来风，揽胜景抒天地情怀。真不晓得，人世间还有比这更爽更惬意的事吗？！

车开到一片开阔地，路北侧远远的，有几百米开外吧，在一个大帐篷前，有车，有马，一伙藏族牧民正在忙碌着运东西，瞧那一垛垛白蒙蒙的货物，好像是在收羊毛。

我们即刻在路边停车，有几个人忙不迭地跳下来，举着相机就往前跑。我也紧随其后，刚跑出没有多远，忽听身后一阵嘈杂，好像留在车上的人在喊什么。由于距离有点远或是喊话的人太多声音太杂，转身观望只见他们打着手势瞎比划一时也听不清楚在喊些什么，疑惑中四处张望，突然发现右前方远远的草丛

中三三两两有几个黑点忽隐忽现，很快意识到它们是冲我们来的。随即，一种不祥的感觉袭来。哇，是一群狗！它们呈散点状向我们扑来，青青绿草根本挡不住它们疾驰的身影，刚刚的黑点转眼就变成了一堆呲牙咧嘴狰狞的面孔……

人好像有一种本能，当危险临近到一定距离时就会后撤，这点好像和狗很不一样，狗在威胁临近到一定距离时却会向前冲！我们几个人，夸张一点说，是连滚带爬地撤了回来。

狗看到我们回到了路边，速度就明显减慢了，随后，停了下来。大概它们的警戒线就是以公路为界。狗的领地意识或许比人强！

什么叫散兵线？这就是最生动的注脚！

煮全羊

一场虚惊过后，大家反倒兴致更高了，不断地调侃着刚才发生的事，一个个都显得兴高采烈。

一条平坦的土路伸向远方，旷野上不时会出现黑色的牦牛和白色的羊群，黑的瓷实白的晶莹，像一片片洒落在绿茵上的黑白珍珠。

走不多远，路边一大群圈起的羊引起了大家的注意。这个羊群非常大，足

有几百头，羊长得很漂亮，肥肥大大的一片花白，偶尔会有黑色块出现在头或身上，点缀着这白茫茫的绒毯。令人好奇的是，它们的角都是扁扁的，并且很优雅地拧成几个卷，也不知是山羊还是绵羊，咩咩地叫个不停，靠近栅栏门口的羊有的还在不停地窜动挣扎，原来藏族牧民正在剪羊毛。大家一拥而上，围着他们又是一阵狂拍。

羊被牧民绑住四蹄摁在地上，有的偶尔会挣扎几下，大部分都很顺从地一动不动，好像知道这是每年都躲不过去的麻烦。

被剪过毛的羊显得很滑稽，有点衣不遮体，因为身上的毛被弄得七长八短很不整齐，好像被人硬生生地扯破了衣服，它们很不好意思地东躲西躲，不想让拿相机的人留下这尴尬的一幕。

就在旁边不远，一头被肢解的羊引起了大家的兴趣——已经被剥皮的红红的身躯默默地趴在一个箩筐上，被切下头颅的颈项无言地朝向天空，布满血丝的羊皮和羊头就平摊在它旁边的草地上，瞧那惊恐过后的眼神——无奈、黯淡、无望……

大自然的法则就是这样，一些生命死去，却是为另一些生命活着。

这些翩翩艺术家们，见到美食同样是涎水三尺，经简短的交涉，牧民把羊卖给了我们。

再不会有比此更新鲜的羊肉了！鲜嫩味美自是不必言说，冒着腾腾热气的一锅肉，转眼成了诸位肠胃里满意的蠕动物。我踌躇了一下，也过去捡了一小块，只是身旁嵌在羊头上的那双无助的眼睛总在眼前晃……我再没走近那口大锅。

伪善，有时也会给人些许宽慰。

一直下雨的村寨

郎木寺是一个很美的村寨，夹在东西两个山脉之间，一条湍急清澈的小河自南面山涧流出向北贯穿全寨，河上有不多几架石板桥，沿河两边便是整个村寨的主道。寨子最南面沿西侧山麓曼延而上的庙宇就是郎木寺了——一个宏伟的寺院，层层叠叠，烟雾缭绕，颇有仙气。然而它有一点与众不同的是，墙壁通体白色，不像其它寺院那样是非常饱满的中黄，或是橘红，尤其是房顶，其它寺院多是金黄色、橘黄色，而它的房顶是金属材质的银白，耀眼的烁烁光泽呈现出一种很不寻常的气氛。

我们下榻在一个二层的木结构楼上，一天的快乐经历使大家倍感疲惫，晚饭后很快便各回房间休息了。我挺高兴，我住的房间又是临街的。

入夜，一切都安静了下来，不知几时，我听到窗外哗哗啦啦下起了雨，伴着雨声入眠，真是充满了一种别样的诗意……留得残荷听雨声，这儿可没有那东西，明天深圳的画家们就要打道回府了，不知会不会因雨而耽搁下来……

清晨，大家都起得挺早，一个个都显得挺精神。我昨晚也睡得特别好，是入藏区以来难得的睡得最舒服的一次。我忍不住向他们夸耀，不料有人说，不光你睡得好，大家都睡得很好。原来，郎木寺的海拔比阿坝低——那时我还不知我后面一个多月的行程，将会一直在将睡将醒中度过。

昨晚是不是听到有雨声？好像下了整整一夜，我又想起了那哗哗的声音。但让我意外的是，没有人说下过雨，真是十分纳闷。当我下楼去吃早餐时才恍然大悟，原来，那哗哗啦啦不停的雨声，正是窗外这条贯穿全村寨的小河的流水声。不知从何时起，它就一直这样欢快地奔涌着，只是白天世间的嘈杂，淹没了它的歌声……

郎木寺清澈的小河，你还能流淌多久？

郎木寺，你在我的记忆里依然是个一直下雨的村寨！

上久治

他一头恣肆的长发，一缕一缕，翻卷得很有力度，模样那更是硬朗有形，肌肉紧绷绷的，很有点儿刀劈斧凿出来的味道。

上久治

久治位于青海东南角，毗邻四川，海拔比阿坝高许多，查了一下，大致在3300米以上至5500米之间，从阿坝西上大约两个小时的路程。久治，也就成了我这次藏区行搜集素材最主要的地区。我先到久治县后进贫穷的山区里与牧民同住藏包20天，最后因营养不良和重感冒下山回到阿坝治病。久治牧区的藏族朋友，也成为我最亲近友好的朋友，想念他们。

杨智和他的家人

深圳来的大部队已经撤离，而我留了下来，因为我要做的，还根本就没有开始。虽然我们这些天观赏了草原舞台上的盛大服装表演，观赏了晴空烈日下千奇百怪的跳神，甚至还安排了几个舞蹈演员让我们画了一阵子，还画过一个有眼疾的老太太，但这都不是我想要的，我要画的，是原生态的、土生土长的牧民，我要画他们的朴厚、强悍、充满野性的力度，这样才吻合我的风格和初衷。

我同杨智通了电话，他自然是十分欢迎，我即刻决定，去久治。

我一下变得信心满满热情高涨，这次可要甩开膀子大干一场尽情地画了！我暗自思忖：画的幅面至少应不小于整开纸，也可

以考虑带上笔墨直接勾线——这是我多年教学练就的功夫。还有，带上画板。画画的这些家伙什都要重新置办，当地是不可能有，好在离兰州不远，我随即同兰州的朋友联系，当天便乘车赶往兰州，路过临夏时还专门买了一把小刀，想象着进了牧区整天要吃手把肉，没有刀哪能成！

购置了一大卷素描纸外加厚皮宣还有几支长锋毛笔，画板不太好办，因为整开幅面太大实在不好带，于是就买了两块半开的画板，心想到久治后托杨智帮找两根木条往两块画板左右一夹一钉，就合成一块大板子了，还要请他找人帮忙做一个简易画架，最后也没忘为了御寒，也是为了方便，又买了件满是口袋的黑色摄影专用坎肩。

从兰州到阿坝然后一路西上，杨智已在久治车站等候。

杨智的家是几间平房，有一个不大不小的院子，房子前门一排整个用玻璃罩起，左侧还隔出了一个挺大的玻璃房，大概是存放闲杂物品的。为了不骚扰他们太多，我当天就坚决要求住在这个大玻璃房里，反正我自己也带着睡袋。

记得后来有一天下大雨，这个房子到处乱漏水，杨智的妈妈忙帮我撑起了一把大雨伞外加一把小雨伞，我躲在下面，就像小时候捉迷藏，心里别提多美了！

我到的那天他们家人恰巧都在，父母、弟兄三人，杨智是老二，另外还有他的姐姐、姐夫和抱着一个小孩子的小妹。当时他家还来了个亲戚——一个带孩子来看病的妇女，看样子她家肯定住得非常边远，因为她的形象令人印象深刻——深褐色发亮坚实的皮肤铜铸的一般！一天后她走了，骑着马，背着孩子，感觉挺不寻常。

杨智的父亲爽朗好客，喜欢高声大笑，不高的身材挺硬实，沟壑纵横的黑红的脸膛上刻录着当年牧民生活的艰辛，虽然汉语说不了几句，却时常用它来招呼我吃饭、喝水。提到这位大叔，不禁令人有点感伤。他是我这些年最想回去探望的一位长者，总想着有一天，从北京带两瓶好酒，与他开怀畅饮……这几年差不多我每年春节都会同他们通次电话，问个好道个安，有时电话是他接的，只要听出是我口气马上就会热情许多，音调也高，让我倍感亲切与宽慰——虽然我们交流不了几句。去年春节，杨智的姐姐接的电话，她汉语很好，说得清楚明白：她父亲已经过世了……

杨智的母亲，应该说是那种典型的母亲形象，温暖慈祥，由于不会说汉语，想表达什么就直接说藏语外加打手势。

杨智的哥哥话不多挺敦厚，他最小的弟弟长得最精神，透着一股机灵劲，在成都上大学。

小妹长得秀气，但绝不是我们城市小女孩的那种带着有点纤弱的优雅，而是饱满健康，充满活力。她只是笑，不说话。

要说最时髦的，就是他姐姐了。在一片重色调面庞中，突然出现一张挺白的面孔，不由得令人有点诧异，看来是经常化妆。她的话最多，大概与性格或工作性质有关，对她我还多了一层谢意——当我后来画了几张大素描后，多亏了她的发胶，固定了我的画面，使它们保留至今。

在久治县城游荡了几天，经常会在街上看到来自边远地区的牧民，形象那叫一个棒！他们一般都是来城里办事，赶路，匆匆忙忙，既不好拍照更捞不着画，干着急！

终于有一天，我向杨智“发难”了：你不是说这儿画牧民很方便吗？我要到牧区去！越原始越好！

杨智和她的母亲商量着什么，看那样子，是要给我安排行程。

第二天，我们出发了。

久治也有个活佛

行前那天下午，杨智要带我去见个朋友，原来……

久治也有个活佛，这是我没想到的。本以为活佛是难得一见、不同寻常的人物，阿坝已经有了一个，原来久治还会有，看来藏区每个地方，都有自己的活佛，而且还不止一个。

久治这个活佛，是杨智的朋友，我感觉得到，他们的关系，不同一般。

活佛的家是一个普通的院落，我们一进门他便迎了出来，有点让我感到意外的是，他和阿坝的活佛不同，很年轻，不知有没有三十岁，看上去挺文雅，带副眼镜，应该是藏族当地的文化人。

活佛把我们让到屋里，穿过正厅，进入右手套间——哇塞，金碧辉煌！小屋不大，迎面架在类似炕一样的床上的，是一套极尽“奢华”的大橱柜，各种金黄色装饰纹样满布橱面，中间凹进，有一个方形台面，是专门供奉佛的位置，床面铺着有很漂亮花纹的绒毯。右侧，也就是靠院子的那一侧，整个墙面被一块深蓝色花饰帷幔遮挡，我想它应该是窗帘，后面就是窗户了。帷幔下面是一张有点像汉族老式的、三周边有雕花围板的床，上面安置着一张条案，从床上到床下到壁柜，满屋里都是光滑明亮的橘黄漆色，金色的浅浮雕纹饰，漂亮的毛毯，这大概是活佛精心陈设的读经颂法拜佛的场所，可能同时也是他的卧室。

杨智特别向活佛夸耀了我的摄影技术——因为这两天我同杨智兄弟俩曾在县城周边漫游观景，给他拍过几张照片，他说拍得好，要用在他正在撰写的什么书里。于是，活佛也让我帮他拍几张照片，我自然当仁不让。

活佛开始装扮起来：一身华丽的服饰，最有特点的，还是要说头上的那顶高高的帽子，或者应该称为“冠”。大红色，黄色线条纹饰，高高宽宽呈倒梯形，正面看三叉分开，戴在头上高大红火，很有气派，大概也是威严权势的象征吧，加上一身的金碧辉煌，很是华丽，看来金色并非汉家皇帝的专权，不同民族文化中，金色都代表着一种权贵和身份。

活佛主动提出了一件当时是让我欣喜万分，后来却成了难以化解的憾事，他说，月底他要去马尔康山区，我不是就要找原生态的藏族同胞画创作吗？他可以带我一起去，画画的事由他安排——活佛给安排模特，那还不是想画啥样的就有啥样的！这还不是天大的喜讯吗！并且，是到马尔康山区！他告诉我进山的交通工具只能骑马，还要半天时间，这可是我这次来藏区梦寐以求最想去的理想之地！当时的我真是兴奋不已，即刻敲定：我从久治山区回来后，就跟他出发。只可惜，这一千载难逢的机会被我随后而来的疾病错过了……

进　山

杨智家有辆车，杨智的母亲也亲自陪同前往。这一路上好像没有太特别的印象，只是觉得视野忽而狭窄，忽而开阔，不断绕山穿岭，路边偶尔会出现几个藏包，它的搭建方式看上去很简易，里面有柱子支撑，顶出了四脚八棱的结构，每个角都被绳子栓成一个高高耸起的角，这些绳子被围绕着它的长短不齐的柱子拽得紧绷绷的，愈发显得棱角分明。大藏包，其实就是一些大帐篷。我挺好奇这些

大帐篷一样的藏包为什么都是黑色的，杨智说它们都是用黑牦牛毛编织的，又保暖，又防雨水。

山路盘转渐进佳境，山青水碧草翠，很是新鲜、清爽，有一种清澈的透明感，让人心情舒畅。这里的山看上去都不太高，起起落落重重叠叠连成一片，远远望去，除去漫山遍野的绿草，没看到一棵树或是有点树模样的大一点的植物。

不知车开了多久，拐进一个山坳，说是山坳，其实并不太坳，只是一片方圆不太大的低下去的山坡地带，缓缓的斜坡下出现了三个藏包，有两个靠路边近一些，一个稍远。

车停了下来，杨智和他母亲好像在喊一个人的名字，后来我听出来了：孟波！不过很久之后名字写出来我才知道，不是孟波，是孟宝。

伴着一阵狗吠，一个挺清瘦挺精神的小伙子从最近的那个帐篷里钻了出来，看样子也就二十几不到三十的样子，大概是杨智家的亲戚。他很热情地把我们

让到帐篷里，他的爱人也急忙招呼我们坐下——平坐在地上。好像杨智的母亲还给孟宝带了点什么礼物，向他交待了几句，没坐一会儿，他俩便回去了。

孟宝会说一些汉语，这给我们后来的交流带来了莫大的方便，当然也少不了有不少费解甚至误解的时候，不过那也算不了什么。我意外地发现，孟宝笑的时候，会露出一棵金牙，年纪轻轻，牙竟然会坏掉一颗，不知是贴金还是真金，后来发现不少藏族当地人都喜欢镶金牙，统统都在门牙两侧，不论男女，是为了炫耀财富还是为了好看赶时髦？那就不得而知了。

孟宝是个五口之家，他的爱人一看就知道是个吃苦耐劳的藏家女人，和孟宝差不多高，也和他一样显得有点清瘦。他们有三个小男孩，最小的一个也就一两岁，还不会说话，路都走不太稳。另两个大一点，四到六岁的样子。他家还有两条小狗，一条大点儿一条小，也像小哥俩，只不过是拴在帐篷外面，就是刚才我们下来时乱喊乱叫的那两位。

第一次进藏包不免有些新鲜，我开始细细地打量起里面的布局：这个藏包或者说帐篷里，空间不大挺紧凑，矮矮小小的门，只不过是帐篷分向两边留出一条窄窄的缝，搭着一块内地常见的红、白、蓝相间的条纹塑料布，一进来左手是用长短不等的木棍围起的一个小栅栏，占有帐篷左面小半拉空间，里面装满了一摞摞的干牛粪。中间迎面是一堂纵向的长长的炉具，两个灶口，看来烧

水做饭可以同时进行，不过没有烟囱，只有帐篷顶上开着的一溜窄窄的长方口子，编织过的黑色牛毛可以卷起来，显然是留作通风通烟之用。炉子左右两边都留出一些薅掉草后露出来的空地，这便是他们睡觉的地方了，上面铺着些说不清什么颜色的带毛的东西。再往里，炉子后帐篷正面横放着一个混乱不堪的台子，上面供奉着佛像，好像还有贡品什么的，两边则堆满了包包裹裹的杂物，简陋之极，这应该就是他们所有的家当了。后来我才发现，原来每个藏包室内布局都是一个模样。

我钻出帐篷，门旁停着一辆蓝色的，没有装车挡板的，显然是搁置已久的小型拖斗车，裸露着车轴轮子，很有点被遗弃了的样子。我四处打量了一下，四面环山，我们所处的这片洼地，整个地势东南部略高，西北部略低，我们的邻居只有两家，一家临近，相距不足十米，另一家稍远，在西北角上，看不到我所想象的原始部落般的一大片帐篷，问孟宝住家为什么会这么少，他说是牧民不能住得太集中，因为家家都有牦牛要放牧吃草——道理浅显明了，可是，早打好的天天画牧民的如意算盘……咋办?

孟宝家的东北面是一片小沼泽地，水很干净，是地下水，远处还有个泉眼，是这片沼泽地的源泉，真凉！我之后洗脸刷牙饮用的，就是这些水。沼泽北面再远一点，是一条小河，河面跨度宽窄不均却挺深，像条沟，水流挺急，从东面哗哗冲刷下来向西流去，然后绕过稍远的那家邻居，又向南弯了过来，正好把这三家人兜在了一起。

天渐渐晚了，孟宝的爱人开始做饭，在炉子的左侧忙着。蒸米饭用的是高压锅，我想还好，高压锅引进了高原，人们可以不再吃永远煮不熟的饭了。

听说藏族牧民是不洗碗的，吃完饭都是把碗扣到膝盖上一转，我想这倒不至于吧。我注意到支撑帐篷的柱子上挂着一条毛巾，与其说是毛巾，倒不如说是用过多年的一块抹桌布，因为它根本就看不出是什么颜色，灰灰暗暗的，肯定这块布时常会派上不同用场，总该不会用它来擦碗吧?

为免得给人伙食上添麻烦，来前我做了充分准备：带了一大堆方便面和一

小堆小包装的海带丝、榨菜等，当然还有吃饭用的一高一矮两个缸子。

要吃饭了，眼睁睁看着女主人拽下那块抹布抹起了碗——显然，是要给客人用，我赶紧告诉她我自己带了全套的餐具，只需要热水。其实我想，用这样的碗或许也无妨，既然他们能用——高原地区应该还没有被污染，肯定也不会有病菌，不然在这样的卫生条件下他们……

天慢慢黑了下来。山里是没有电的，只有忽明忽暗的油灯，干脆早点睡吧。

睡梦中的不速之客

孟宝在炉子的右边给我整理出一块空地，后来我才知道，这个位置是专门用来招待客人或是家里的男人用的。随后，我换到另一家住宿时也是住的同样的位置。

地上铺着的，原来是两块窄窄的地毯，一灰一红。灰的不用说，早和地面融汇成了一个颜色，红的那块隐隐还能辨认得出，不过中间部分褪了毛的毡面混着泥土，显然是被千万次踩踏过，几乎已经看不出有颜色的迹象。有趣的效果出现了：我的粉绿色睡袋往这块灰不溜秋的毯子上一放，顿觉鲜亮夺目，映衬之下，脏兮兮的灰色毯子也不那么难看了，似乎还有了一点高级灰的味道。显然，这就是我的床了。

我瞧了一眼炉子左侧的铺盖：皱不拉几的塑料布，棉絮，还有一块陈旧的

皮毛，那应该是为最小的孩子铺的。

孟宝从帐篷边上蒙着塑料布的一大堆杂物中翻出了大概是他家唯一的一个枕头，套着很老旧的那种粉红枕套，看上去好像也没怎么用过。我接了过来，如此好意，也不便客气，我紧贴着帐篷边躺了下来，隐隐觉得到有凉风从帐篷与地面之间的缝隙中吹了进来，我下意识地用手压了压毛烘烘的帐篷边角。

终于进山了，可如此空旷的荒野，我到哪里去找那些威武的牧民？心里不由得有点儿发虚。

朦朦胧胧中，我感到左手边有什么东西在动——试着摸了一下，个头不大，一小坨，软软凉凉的，又湿又滑。我即刻做出判断：是一只青蛙，当然，也可能是癞蛤蟆，不过，我宁肯相信它是青蛙！我一面自己一厢情愿地下着结论，一面用左手捏住它，伸出右手撩开帐篷，把它很友善地送了出去。伴随一丝兴奋一点好玩还夹杂一点怜香惜玉的心情，再次入眠。我想起了孟宝家不远处的沼泽地，可让我颇感奇怪的是，在孟宝家住了许多天后我发现，竟然从来没听到过一声蛙叫！

第二天醒来，发现自己的头没有枕在枕头上，伸手往上方抓了一把，很奇怪，什么也没抓着。我爬起来扭头一看，枕头离我足有大半米之远！原因很简单：我们可爱的家，是安置在一个斜坡上！

阳光一样的藏族小伙

住得离我们稍远的那家藏族牧民，有一个非常可爱的小伙子，首先来串门了。阳光赋予他健康的肤色，阳光也写在了他的脸上。他热情开朗，牙齿衬在黝黑的面庞上很有点像衬在黑人肤色上的效果——又白又结实。他每天要做的事很简单，就是去放牛。由于不会说汉话，他看着我，只是笑，眼角深深的几道刻纹呈放射状在脸上扩散开来，显得非常生动。语言不通其实也并不妨碍我们交流，从他充满善意的眼神里，傻子也会明白，这是友好！

我一眼就瞅上了他，等我们混熟一点儿，一定要给他画张像！我心里暗暗思衬着，说来也是不应该，我只顾欣赏他的形象了，竟然从来没有留意过他的姓名……他一头恣肆的长发，一缕一缕，翻卷得很有力度，模样那更是硬朗有形，肌肉紧绷绷的，很有点儿刀劈斧凿出来的味道。聊了没有几分钟，我便比划着，意思是要给他拍照，他很痛快，前前后后绕着他拍了好几张，总感觉好像哪儿有点不对劲。他站在那儿，说不上哪儿有点别扭，后来他牵马走开时我才发现，

他的腿跛得厉害！毕竟第一天认识，没好意思提画像的事。

随后一天，我正夹着个速写本到处溜达，不经意间看到他从迎面陡陡的山坡上骑马飞冲而下，大概是他先远远地见到了我，故意显摆一下。他高高挥舞着双手，嘴里呼喊着什么，瞧那威风劲儿，瞧那英姿勃发的身影，瞧那一头飘逸的卷发，这种形象要在城市女孩眼里，那绝对就是——黑马王子，说不好会招来一大群粉丝呢！我心里默默嘀咕着，一边赞叹他的勇猛，一边也有点儿为他愤愤不平：这若在内地，这形象，至少也是个搞艺术的范儿，而在遥远的高原，却只不过是个放牛郎。只可惜的是，山太陡了，他那马跑得也太快了，来不及留在镜头中，我只好把这一幕印在了脑子里。

骑在马上，又有谁能看得出他的腿有残疾？

随后一天，我终于提出给他画张像，没料想他很爽快地答应了。

我忙不迭地跑回帐篷，拎上画板拿上画架背上画包，在他家门口拉开了架势，招惹了三家几个七大八小的孩子围观。

多棱镜会将阳光折射成七彩的颜色，而白白的纸面却只将阳光折射成更为刺眼的花白！出手画了没几笔眼睛就顶不住了，我调了一下画架的方位，再次出笔，感觉不错，顿时信心倍增……恰在此时，几滴很有力度的水滴如高山坠

石般砸在了画面上——下雨了！霎时间，噼噼啪啪的声音立马连成了一片，我赶紧收摊把阵地转移到了帐篷里，画板刚架好，雨声大作，刷刷地穿过顶棚的空缺打落在地上，瞬间地面就湿了一大片，恰好是棚顶留出的长方形空隙的放大版。小伙子急忙过去把那个长条口子给盖上了，那盖子其实就是同样的牦牛毛编织的翻卷出去的那一部分。天窗一关，室内顿时黑了下来，啥也看不见了，好不烦闷！

高原上的雨说来就来说去就去，雨过之后阳光倒是被洗刷得又鲜亮了许多！我快速地把画画的家伙又全都搬了出来，三下五除二，正画得带劲，忽听有人在远处喊开了，我正纳闷他在喊什么，依在门柱上的藏族小伙子抽身便往外跑，骑马转眼不见了踪影……旁边看热闹的孩子告诉我，他家牛跑了。

牧民以放牧为生，现在的季节正是繁忙时候，很少能在家呆住，而我的目标是想画人物。看来，有点难度，这可如何是好？！

第二天，我再约小伙子来到我住的地方，理由当然是——还没画完，他又爽快应允。

热情、开朗，还有善良，这样的小伙儿，便是阳光！

神奇的鼻涕

孟宝家的三个小家伙，很是活泼，哥仨整天就是同邻家几个岁数相近的孩子们嬉闹，漫山遍野地乱跑，当然，一两岁的那个小孩子跑不多远，就在门旁的斜坡草地上跟在大孩子后面乱叫，他穿着不知是他家谁穿过的一双破胶鞋，放在他脚上实在是太大了，拖拖拉拉，很不跟脚，又因为刚下过雨，湿漉漉的地上坑坑洼洼有不少积水，一脚踩进去灌到鞋里的水就不用说了，每挪一步都扑嗤扑哧直响，可这小家伙根本不在乎，就像没这回事，还是拖拖沓沓跟着瞎跑……哎吆，想象一下鞋筒里那对小脚丫会是什么感觉……可他还在笑，看上去兴高采烈心满意足，这些活宝可真泼辣！

太阳西斜了，温度顿降，小孩子身上并没有穿多少衣服。终于妈妈出现了，给孩子脱下了湿漉漉的鞋，把他拎回了帐篷。

几天后我就又领略了一次孩子们的气魄——几个小男孩洗澡，就用沼泽地里那冰凉的水，他们竟一个个欢蹦乱跳，还光着屁股漫山遍野乱跑……

这些孩子的眉眼说不清到底长啥模样，脸上都花里胡哨的，也不知是泥土还是别的什么留下的痕迹，斑斑块块，颜色有浅有深有冷有暖，还挺丰富，最明显的是每个孩子鼻子下面都有两道微黄的沟壑——有的已干涸，有的还

在运行。

有天午后孟宝夫妇出去忙，三个孩子就在帐篷里玩。他们聚精会神，各玩各的，挺安静。我因为画不着人，斜倚在睡袋上愣神，有意无意地看着对面炉边的老小，正低头在地上捣鼓着什么……，我打量着他脏兮兮的小脸暗暗寻思，这孩子把脸洗洗干净说不定还是挺可爱的……正想着，发现小孩子鼻涕流出来了，是偏黄有点粘稠的那种，扭头不看，是自然反应，可念头一闪却突发一种好奇——会流……很长吗？不妨观察一下。

你瞧，那带黄不白的东西就那么慢慢地漫延下来，由于小孩子低着头，于是它没有像通常那样逐渐越过作为警戒线的上唇流进嘴里，而是从上唇上面就开始悬垂下来，遵循着地球引力的方向，向低空发展……

凌空悬浮的浆液，头开始变得有点大，中间部分逐渐细了起来……缓缓地，缓缓地，一点声息都没有。高原的孩子连鼻涕都不一样，流这么长都不断！

我不能说那东西一定凌空有一尺长，但却绝对是超出了我的想象！当我坚信珍珠就要断线，野马就要离缰的刹那间，只听得鼻子一声轻微的抽动，定睛一看，脸上啥都没有了，莫非——回去了？还是坠落了？我敢断言：没有坠落。

好神奇的鼻涕！

自作聪明犯下的“恶”

我不知道，这件事应该叫做是一种恶，还是一种错。反正从那以后，我内心发生了微妙的变化，有负疚，有感叹，也有一种油然而生的感动。

事情是这样——

看得出，孟宝家的生活挺拮据，通常都由他爱人做饭，记得平时除了米饭，基本上也没有什么下饭的菜，即便做一点也要给我一个人分出一半，我都是赶快拨回给他的孩子。他家每天的进食除去吃饭，还有奶茶。这可不像我们概念中香喷喷的浓浓的奶茶，而只是在茶水里加了一点奶，稍微有点儿泛白而已。虽然孟宝家养着牦牛——印象中没有几头，所以牛奶在他家还是挺稀罕的。记得有一天孟宝爱人递给他小半碗牛奶，也忘了是因啥原因，反正是问我我说不喝，孟宝接过去一饮而尽，还举起碗又扬了一次头，手摸着肚子嘴里叨念了一句：喝奶了。看他那心满意足如饮琼浆玉液的样子，我真说不出是一种什么心情。

我们回了一次县城，和孟宝找了个小饭店大吃了一顿牛肉——同阿坝的一样，硬撅撅的，这次我才知道，是牦牛肉——他们那儿只有牦牛。孟宝一再推辞显得有点难为情，但在我的极力怂恿下还是吃了。回来时我购置了不少东西，各种能见到的水果。因为自从住到孟宝家起就再没见过水果啥模样了，还有鸡蛋、熟肉——好多天肉腥味都没得闻的我自己也有点儿挺不住了。另外，还特别留意购买了几个塑料盆、几条毛巾，还有香皂洗衣皂。我倒是要看看小孩子们的脸是啥模样。最后，又买了一大把筷子。因为看着他们不管是吃什么都用手捏着吃，用舌头舔，总觉得有点不得劲。

可以想象得到，出于母亲或说女人的某种心情，把自己的孩子打扮得漂漂亮亮显然是一种天性。

第二天，孩子们洗过的小脸终于露出了本来面目——姣好无比，那种细嫩的模样远非你所能想到，尤其比较小的那两个男孩，眉清目秀，透着一种聪明伶俐，长大了肯定是个帅小伙！当我欣赏着自己聪明之举带来的成果时，满怀的得意自不必言说，只是这种好心情没有维持几分钟……

正午的阳光照射在孩子们粉嫩的笑脸上，显得分外灿烂。这时，我突然意识到：紫外线！此时的阳光就是一种恶毒，一种正在渗透进一无遮拦的孩子的皮肤，损伤它的组织，焦灼它的细胞的恶毒。我一下扭过身再也不敢看了，随即走开，好像犯了什么罪，作了什么恶。孩子原来脸上的那种五颜六色，虽然并不怎么美观，却显然会起到一种保护作用——哪怕十分微小。城市的孩子们有各种各样滋润护肤的乳或霜，而高原的孩子，只能借助天然的馈赠。

此后的日子，无论走到哪里，孩子们的小花脸在我眼里一下变得好看了起来，并且内心还不由自主地生出一种宽慰。

这些草原上的小精灵，这些可爱的孩子……

炒鸡蛋

刚刚买回的鸡蛋，足有三十个。

我问孟宝，会炒鸡蛋吗？他说不会。吃过炒鸡蛋吗？他说没有。有油吗？他说有。哦，那好，今天我给你们炒鸡蛋吃。

我开始洗葱，切葱——其实就是孟宝听到我要葱，急忙从外面摘回来的一种细细小小的杆状物，有点儿像是加长版的草，只是头上顶着一个小穗头有点葱模样，但绝对没有葱味的绿色植物。

我让孟宝帮忙磕鸡蛋，他拿了个盆蹲下来认认真真地磕起来。

葱切好了，刷好锅放在炉子上准备倒油。我发现孟宝还蹲在那里忙着，便问，鸡蛋磕完了吗？他说还没有。时间可不短了咋还没完？我打眼一瞧，好家伙，少说也磕了有一多半了，我说够多了你怎么还磕？他说，我以为都磕上呢……哈哈，那可是三十个蛋呀！

不知是炒鸡蛋香味的威力太大还是碰巧，邻居阳光小伙进来了，还来了一位住在别处的另一位小伙，自然，有啥吃的不分彼此，只要赶上了就一起分享。我早听说过草原上的这个规矩，现在，正好兑现。

我相当公平地把鸡蛋分成几份盛到碗里，还十分郑重地每人发了一双筷子，他们接过筷子，就像拿着随便什么木头棒棒一样往嘴里扒着鸡蛋，我问，好吃吗？他们都回答说好。

随着碗被一个个放在炉台上，筷子也被七零八落地全部被扔在了炉灰里……

我瞧着那些被炉灰埋了半截的筷子，心里发怔，不晓得说什么好……咳，自己的习惯干嘛强加于人？我再也没管那些藏在灰里伸头探脑的木棍棍，自此，它们就再也不见了。

开满野花的山坡

没事儿做，我便站在帐篷门口往四处张望，周边的山都不高，南面不能算是一个山，只能说是一个高坡；东面较远，山有些起伏，但不高，也没什么特点；北面，沼泽地北侧，那条宽宽的河沟旁，横着一条山路，我们来时正是从这条路上绕下来的。紧挨着路边，是一个往东绵延过去的小山脉，比较陡，不好爬，但不算高。

北面这条路比较繁忙，经常会有人骑着摩托车飞驰而过，有时会有三五成群的几辆车，车上常会载着两个人，偶尔也会有人停在路边，冲沟里撒尿。这时我已理解，山区的牧民最方便的工具只能是摩托，山路崎岖，狭窄，起伏大，只有它最方便。孟宝还告诉我，有的牧民会骑着摩托去放牧，摩托车是牧民们的好帮手。

如果说周边最高最吸引我的，就是西面那座山了。西面的山稍远一点，要

越过那条小河，它的整个形状微微呈现为n形，也就是说，两侧是山脊，中间有点凹进去，最高点在底端，坡度很缓，爬上去应该很容易，我曾见有人在半山腰放牧，但要上到顶，肯定需要多一点时间。

时在下午时分，孟宝及邻居们都不知到哪儿干活去了，周边除了孩子还有那两条小狗，没有一个人，有点清静，我于是决定，先上北山，我要看看这登高后的景致！

山有点陡，没有路，往两边观察，右侧有缓冲地带，于是七绕八绕，终于从侧面爬了上去。

一到山顶，令我大感惊喜的是，满山都是盛开的野花，密密麻麻，覆盖了整个山头。什么叫漫山遍野，说的就是现在！

花倒没有什么特别的，就是最常见的那种，有点像小野菊花，黄的，白的，还有紫的，打眼望去，是一种非常迷人的斑斓，它们一个个小小的，矮矮的，相簇相拥，紧密相连，一阵凉凉的山风吹过，颤颤巍巍，满山乱动，煞是动人！高原的野花，活力四射，璀璨无比！

登高远望，就是不一样！整个洼地景色尽收眼底：不远处是那三架帐篷，静静地伏卧在那里，黑黑的，像几头俯首吃草的牦牛，慢慢地咀嚼，慢慢地喘息；帐篷旁边那条小河，被密密的蒿草类植物覆盖着，断断续续露出一簇簇光斑；南面的小山坡顿时矮了下去，看得出上面只有绿草覆盖；西面……只有西面，被那座开口朝外的n形山遮挡，还是它最高，看不到山后面为何物，本以为上了北面这座山，它就会矮下去半截……

不容易看到的东西，总是更诱惑，让人更想看。那座山既然这么高，登顶西望必定是另一番景致：群山环绕，浩浩荡荡，云蒸霞蔚，荡气回肠……

忽然兴致一闪，我何不趁现在无事，爬一爬那座山呢？低头看了一下表，不到六点。上那座山，顶多也就一个多小时，回来下坡更快，这儿天黑得晚，怎么也要到八点多，打个来回应该是刚刚好。

再没多虑，我很快溜下山，寻道西上。

有惊有险的傍晚

其实在到这儿的第一天我就暗自盘算过，要把周边这几座山都爬一遍，现在面对的是最想爬的那一座，是它挡住了我西去的视野，我倒要看看后面会有什么！

走到上西山必经的小河跟前才发现，它原来已经是一些断断续续类似沼泽的湿地，水面时宽时窄，所谓河面，就是由一些大大小小的凸露在水面一团一团的草丛周边的积水汇集而成，水流缓缓从中穿过，像一条宽窄不等的甬道。寻来找去，终于看到了水流比较细的一个地段，卷起裤腿，跨步向前，尽量踩踏在裸露的丛草上，蹦蹦跳跳顺利到达了对岸。感谢我来藏区前新买的厚实的户外旅行鞋！

过河后我注意到南面不远有人在劳作，大概是我们的邻居吧。

站在西山 n 字形空缺口，似乎感到了一种隐隐的吸引——它就这样深深凹了进去，山路斜斜的，那么平缓，那么友好，好像在召唤你，迎接你，要给你一个熊抱，又像只是一个诱惑——看着自投罗网的我，它该不会正暗暗地窃笑吧……这 n 形的底部就是附近最高的山头，只要登上它，我在心里合计着：阿坝海拔 3300 米，一路西上到久治海拔不到 4000 米也差不多了吧，然后进山，肯定已经 4000 米有余，现在再登上山顶，那海拔高度该会是……不由心中窃喜：征服，外带一丝骄傲。

上山的路开始很顺利，没走多远就遇到困难了，气不够用的，我开始气喘吁吁了。据说到了高原，像我们这些内地人，什么也不带，就相当于负重几十斤呢！

反正还有时间，我开始停下来

打量周围：茅草丛中，夹杂着一些不高不矮的灌木丛，枝干七角八叉的，随便长，没什么形,个头不高,基本都没有超过腰部的,正经的树更是没有一棵……突然，我听到像是有苍蝇嗡嗡的声音,在这么高的地方怎么可能？赶紧寻声四处查看，还真发现一只，个头不大，很平常，模样看上去与内地的苍蝇并没啥两样。如此人烟稀少艰难困苦的地方竟然还会有苍蝇存活！我不禁对苍蝇顽强的生命力平生出一丝敬佩之意，暗自思忖：这儿的苍蝇肯定不像内地那样肮脏满身病菌，因为这儿没有污染。

往半山腰望去，发现有几朵很鲜艳的花，非常显眼，红红的，逆光下分外娇艳，应该不会是罂粟，我判断着，于是这几朵花成了我的第一个目标。

经一番努力，终于到达了第一个目的地。花是挺漂亮，尤其在这荒芜的环境里，很有点傲慢，贵族气。我一边赏花，一边喘着粗气，往上望去，才爬了一半，后半拉山明显陡多了，看了下表，已经七点多了……还是老人们说得对：望山跑死马！没想到这座山比想象的要高得多，山下刚路过时看到的邻居该不

会发现我爬不动了吧。

我面朝山下坐了下来，还能清清楚楚地看到我们的帐篷——我才住了几天的黑黝黝的家，在夕阳的光晕中显得暖融融的，看上去很是亲切。帐篷前很安静，孟宝他们应该还没有回来。夕阳依然很明亮，抚摸着我的后背，温暖着我，也温暖着这些花，这些草，还有刚才那只嗡嗡叫的苍蝇……

我回头往山上望了望，盘算了一下，根据刚才的经验，要是爬上山顶，天肯定就会黑了，如果现在返回，时间绰绰有余。我当然不是一个半途而废的人！我太想登上那个制高点了！加快点速度，赶在天黑透之前回返，即便天黑了，还有满天的繁星，我晓得，这儿的星光格外明亮，说不好还会有一轮其亮无比的明月！

山路开始向左打了个横折，像在倒着走“之”字，当再折回来走到头上那个“点”的部位，就是到山顶了。

“巅峰”就在眼前，最后一个小石崖子横在面前，我一步蹿了上去……

眼前的景象让我愣住了——哪里有什么壮阔的景致！后面是更高的山——与其说是山，倒不如说是坡，很像是我刚刚登顶的这座，远远向后伸展过去，只是更缓、更远罢了……

我近乎本能的反应：继续上！一转念，这已经完全不可能了，眼看天已渐渐暗了下来，顺山脊继续西上肯定只能是“有去无还”，也是不明智，有谁晓得它后面会不会是又一个更大的坡呢？我回过头来一瞅……雾霭笼罩，山下的帐篷早已不知去向。

天黑得很快，迅速的似乎根本没有觉察到，更感意外的是，既没有这些天总能见到的满天繁星，更没有明晃晃的月亮，原来阴天了！

我开始四下打量：来路只能看到短短几步，下面已经完全被夜色吞没了。右面一片乌黑，记得那是向南无限伸延过去的山脉，只有左侧，应该走不太远就到头了，然后就是下坡，我白天观察过。于是顺左手山脊望过去，黑魆魆的山影衬在微亮的天幕中还能依稀分辨出它的轮廓。来路坡度太大，距离太长，又笼罩在黑暗中，不如沿这条山脊走，一方面有天空的映衬会大致辨得出方向，另外走到下山的坡面时会陡一些，也就意味着距离短一点，这应该是一个明智的选择！于是，我决定抄近路。

沿山脊往前走根本看不见地面，只能摸索着前进。完全出乎意料的事情发生了：刚刚走出没有十几米，猛然“呜”的一声，低沉而又充满着威胁，就在脚下几步远的距离！显然，是野兽的吠声！我一下站住了，第一反应就是：镇静！不能跑！据说如果遇到狼一类的野兽，一跑它便会扑上来，专咬你的脖子，

如果你不动和它僵持着，它也不敢轻易进攻……我脑子飞快旋转着，判断着，显然，就这样被动地僵持着啥也不干肯定不成！我一面眼睛死盯着什么也看不见的黑洞洞的前方，警觉地准备着，以防野兽突然攻击到眼前，同时慢慢后退着侧身下弯，心想要摸个防身的东西——石块或木棍子什么的，不料想地面上根本就是光秃秃的，什么都没有，除了有点杂草啥也摸不着，更甭说石头、木棍了。我只好继续慢慢地、一步一步往后退，两眼睛依然紧盯着前面的黑暗……好在距离我一步跨上来的那个石崖子不远，就这样，凭着感觉，我终于退回到了那个小石崖旁边，用脚试探着伸了下去……踩着地面后，心里踏实了许多，在一小段无比镇静的退却后，随之而来，便怀着"慌不择路"的心情一路疾行，脚下不断传来尘灰土块滑落滚动的声响，甭说，下山速度那是相当快！

毫无疑问，山上狭路相逢的那个家伙没有动，更没有追赶，可能是它自己也挺害怕吧，我在它眼里毕竟也是一个外来的大家伙！不过，那会是个什么野兽呢？

估摸着已经到半山腰了，也就是我上山时赏花的那个位置，再紧走几步，一会儿就到山底，我的心情完全放松了下来。可能是眼睛有点适应了，周围的一切都影影绰绰的，山涧也不是像在山头看下来时那么黑了，我坐了下来，喘口气定定神。

忽然，我看到山脚下有什么光亮一闪，又一闪，并慢慢前移，显然是朝山上来的。又停了一会儿，隐隐约约，听到有人在喊，再仔细听，我听出来了，是孟宝在叫我！我立即大声答应了一声，开始快速下山，他也在大声说着些什么，

我俩不断地一应一答，这声音在幽静的山谷中回荡，可真是响亮！

孟宝到跟前了，一手拿着手电筒，一手拎着一把铁锹。

第二天一早，邻家老人略带惊恐外加关心地用藏语向我大声叽咕着什么，瞧那神气，不言而喻：危险！

孟宝告诉我，这儿的山上有狼，不过他最害怕野狗，随即撸起袖子让我看他手腕上累累的疤痕。

果然，就在那天早晨，我们的确远远地听到了狼叫的声音，不过不是从西山，而是从东侧方向传过来的。

至今，我也不知道与我不期而遇的那个家伙是什么。

总爱熄火的车

我住孟宝家有几天了，时常因找不到人画画而一筹莫展。一天，孟宝开始鼓捣停在门口的那辆常年不用的车，问他干嘛，他告诉我一个天大的好消息：要开车带我去找人画画！

说来也有意思，一辆看似废弃的车竟然被发动起来了，自此，孟宝便兴致勃勃地开着这辆车带我漫山遍野地跑，遍访了他的亲朋好友。另外，进县城也方便了，随时可以带我去城里采购食品，或是等车油不多了的时候送我去灌上一箱，孟宝还找出一个大塑料桶，专门备油，这可称作有备无患。

由于牧民很忙，很难拿出一整块时间来让我画，此时，我也改变了策略，能画就画，不能画就拍照，并且一律承诺照片会寄回给他们，收件人，当然是先寄到久治县城的杨智，再交由孟宝转交。这样就带来一个极大的好处，孟宝那些亲朋好友包括邻里乡亲，多数会很主动地配合，拍个人照，拍情侣照，拍全家福，我便借机让他们这样站，那样站，拍一些自己有用的姿态，我的资料很快便丰富起来了。在此期间只遇到过一个老人有质疑：他不相信我拍了照片会给他们寄回，他觉得这没有道理。此刻，孟宝竟像是一个卫道士，挺身而出，为我指证：这是确信无疑的！没想到，这个平时很和善甚至有一点腼腆的年轻人，竟然还真有点儿为朋友两肋插刀的义气！毫无疑问，孟宝对我有绝对的信任。当然，我的承诺回京后也立马兑现。可以想象，当上百张照片远隔崇山峻岭来到高原，那永远驻留下来的阳光、笑脸，很有可能会成为这些远在天边的人们、家庭乃至一生仅存的美好瞬间。这一切，自有孟宝来见证。

通常，我们都是清早出发，晚上返回，穿梭往来于辽阔的天地之间，自由畅快，很有一种豪迈感。记得第一天上路，发生了一件令人啼笑皆非的事情。

我们在颠簸不定的路上行驶着，路上偶尔会遇到一些藏族同胞，每当这个时候，就是我手忙脚乱的时刻，因为一般情况下，行进中不好拍照，图像容易模糊，所以当我们遇到有藏族小伙或姑娘路过时，便急忙让孟宝停车，当我刚把相机拎出车头探着身子准备拍照，这些姑娘通常都会扭头跑开。于是，我总结经验，就在车头里面隔着玻璃拍。

当又有几个牵着牦牛的姑娘出现时，我们马上把车停在路边，相机端好，虽然她们走得很快，我还是满心满算拍到了一个好形象，不料，奇异发生了——回放的镜头里不是漂亮的姑娘，而是一只黑黑的牦牛头！我不禁心中大惊：佛陀圣地，就是神奇，难道不允许我拍女孩子？……沉吟了好一会儿终于想了过来，相机没有设定在“速度优先”上，零点几秒的时间，足够将人头放过换成她们身后的牛头了……

这辆功勋卓著的大头车，的确为我提供了难以估量的方便和信心，只是它有一个毛病，好熄火。刚修好的车，经常会在路上出现一些小障碍，每次孟宝稍加调理，都会化险为夷，他还是蛮聪明的，只是有一次，问题比较大——我们正在回家的半路上，车抛锚了。

那是真正的荒郊野外，方圆多少里，绝对没有人家。我俩下车后，围着车转了几圈，孟宝说好像是输油管出了问题，漏油，没有油了。巧妇难为无米之炊，孟宝捣鼓了半天，车依然毫无反应，没法开了。西斜的太阳虽然还高，我心里还是不禁嘀咕一阵，记得我们第一天开车上路，曾看到路旁有一堆白骨，问孟宝是什么动物留下的，他说是牦牛，他说跑单的牦牛离群走散最危险，如遇上群狼，那后果便是现在这个样子。

时间一点点过去，我虽然想到了那天傍晚让人想来有点儿后怕的经历，还有早晨的狼嚎，倒也没有太多担心，眼下毕竟我们是两个人，又是在大路上。

终于，有一辆过路的摩托车停在了路边。

孟宝和他认识，他们用藏语嘀咕了几句，孟宝便拎着一个小桶，走到那人车前倒了一点油拎了回来。

车又突突响了起来，具体孟宝是怎么弄的，细节也记不清楚了，只记得当时觉得最好笑的是，孟宝便装着油的塑料袋绑在了输油管上。

从山路上拐下来离家不远，也就不到一百米的样子，车又抛锚了。

表带上住满了小朋友

我们回来得并不算晚。我和孟宝坐在车头，夕阳照在他的脸上，使他本来

就清秀的脸从侧面看上去显得更为清晰，轮廓分明，应该说，他还挺英俊的。

我俩兴致很高，谈论着这几天的经历，谈论着今天的化险为夷，我大加赞叹他的聪明能干，孟宝开心满满。

高原的天气，阴晴不定，出太阳的时候，让人冒汗，只要天一阴或没有了太阳，温度就会骤然下降，我也就明白了藏族同胞为啥总爱穿长袍，并且还时常把一条胳膊露在外面，有时还会把整个袍子退下来缠在腰上的道理……

孟宝的衣服通常里面都会穿着一件白色的衬衣——我说的是当初的颜色，今天也不例外，他依然穿着那件白衬衣。我注意到，坐在旁边的孟宝怔怔的好像有点愣神，刚想问他怎么了，只见他右肩轻轻耸动了两下，头往前一伸，右手伸到后衣领里摸索着什么，转眼，从里面捏出了个东西，我想肯定是根头发草棒什么的，不经意地侧头一看：几条细细的小腿，圆圆胖胖的小肚子……啊哈！分明是个虱子！那可是在遥远遥远的小时候去农村劳动时的记忆了……

我俩都乐了，但我转念一想，不对！我身上会不会也有？孟宝笑呵呵地说，你没有。那怎么可能？我住在他家与他们朝夕相处这么多天……我突然想到，我手腕上带的手表是运动型用表，表带是毛巾布，这还是购置现在带的这架昂贵的轻型眼镜时眼镜店里送的，如若有虱子，这个毛茸茸的宽宽的表带肯定会是它们优先的选择，如若它上面没有，身上就没有，这很合乎逻辑！我忙不迭地把手表撸了下来，把表带翻过来一看……瞧！这是啥——细细高高的胳膊腿，拖着个鼓鼓的小肚子，微绿，有点透明，如果比喻成人的模样那肯定是个细高挑，还挺漂亮……还有一个，身板有点扁，颜色也稍重，短腿，有点像微型土鳖。它们俩趴在那儿一动不动，好像很警觉地在等待着事态的发展。继续搜——毛线缝隙里白白的半透明的星星点点，毫无疑问，应该就是它们没出壳的宝宝！说时迟那时快，这一系列观察发现其实只在转眼间完成！我再也看不下去了，转手把手表撸下来塞给了孟宝，责令他给我清理干净！

孟宝乐呵呵地接过表带认认真真地扒拉起来，一边清理着上面的小家伙还一边嘿嘿地笑，一副挺开心的样子。通常来说，我们这帮子画画的，只要外出写生，总爱去那些穷乡僻壤兔子不拉屎的地方，而且还总喜欢往犄角旮旯里钻，尤其我们这个年龄段的人，什么艰苦啦，不卫生啦，只要一上路，这些讲究全会放下，唯一的一门心思，就是画出一批作品带回来。

不过这么多年了，久违的虱子又现身。也可能是那个时代太久远了，我心里还真是有点过不去了，已经很难再接受这个现实了。

既然表带子上有，身上肯定也少不了……

睡在车头数星星

车抛锚了，正好，我心中稍稍有一点暗自庆幸——我不如就住在车上，借机清理一下衣服，这样就不会再被那些寄生在身上的小朋友们纠缠了，还可以看着车——不错，这是一个挺得当的借口。当我提出睡在车上时，孟宝并没有多说什么，他只有一个疑问：车头能睡得开吗？我说没问题，车头是有点小，不过我可以把脚放在方向盘上。看到他还有点顾虑，我又稍稍坚持了一下，说帐篷里烟有点多我不太习惯（这也是真的），住在车里还可以看星星。他笑了，我俩曾几次看着星星聊天，我还无比悲愤地说草原的星星为什么会这样多这样大，肯定是北京的星星都跑到这儿来了……

在通常情况下，你说什么，藏族朋友他都会相信。不怀疑，也许是他们自己不撒谎吧。

随后，趁天色昏暗，我先瞅个机会钻到车上把内衣裤全部换了下来，团成一团，然后偷偷地跑到那片小沼泽地，找了个比较小的水坑死死地塞了进去，我唯恐内衣塞不紧再浮上来，被孟宝他们看见，那多不好，更何况这儿的生活还是很艰苦的。

我过夜的装备很简单，就是一条睡袋，还有孟宝硬塞给我的一条看上去挺新的被子。因担心睡袋里也有问题，我已经赶在太阳还没下山之前将它拿出来折腾了一阵子，一边晒一边仔细检查，竟然没有发现任何可疑迹象。当然第二天，把它一阵曝晒还是免不了的，高原上如此酷热的阳光，我就不信这些小家伙你还能在里面呆得住！

我在驾驶室里试了一下，横着躺在两个座上是根本不可能的，太短，把脚放在方向盘上也不成，座位有点矮，只能蜷着腿。最后，我选择把脚伸到了方向盘的侧面，被子垫在了身子下面的座上，斜着躺下正好成对角线填满驾驶室，还不错，蛮舒服的。

夜幕降临了，眼看着车窗外天上的星星一个一个多了起来，不由想起了小时候的夏天，最开心的回忆也是最惬意的时刻，就是傍晚在姥姥家的小四合院里，在好看的柳叶桃或是无花果树边，躺在凉凉的竹编的躺椅上，瞧着小院上空低低的飞来飞去的小燕子胡思乱想。那时城市和大自然还是很亲近的，天空蓝蓝的，很干净，微风拂煦，小燕子不时吱吱地叫着，擦着房檐低低地飞来飞去，姥姥告诉我，燕子在谁家做窝，谁家就有福气。当燕子回家了，看不见了——飞到让我羡慕的有福气的谁家里去了的时候，星星就会出来：一个，两个，三个，直到多得你再也数不过来。数星星，这是千百个孩子小时候都做过的事，虽然

至今没有一个人能数得过来……

此时此刻，我又在高原数星星。高原的星星真的好大，应该数起来更容易些吧，我想。我自我安慰着一五一十地数了起来，当然，只数了一小会儿，因为我知道结果——那就是绝对没有结果，只不过是回味一下，回味一下那再也回不来的时光……

夜已深，温度好像已经降低了许多。一直舒舒服服的腰开始别扭起来了，渐渐觉得又酸又痛起来，甚是难受。我跳下车，活动了一下，伸了伸腰，张开双臂往天空挥舞着，哇哈！那铺天盖地的繁星密密麻麻地罩在头顶，好低呀，那一条长长的，贯穿长天的犹如一片雾团一样的星云，不就是银河吗？真没想到它是这样的清晰……真的是十分壮观！再瞧那北斗七星，每一颗都清清楚楚，闪闪烁烁，曾几何时，我们会有这样的幸运，看得这样真切！

外面比车里冷多了，况且，还有那传说中的狼群。我又赶紧缩回到了车里。

此刻我才意识到，那黑黑的、牦牛毛编织的帐篷，是多么温暖，多么重要！它是草原无冕的华盖，是牧民们生命的庇护所。

实在太冷了，要想入睡是有点困难，我想起了小时候的取暖方式，于是把头深深埋在睡袋里，开始后悔为什么没有买最厚的那种——在北京户外运动用品商店买睡袋时，知道有三种：一种是夏季用的，很薄；一种稍厚，春秋季用的，就是我这种；还有一种是冬季用的，据说就是在雪地里都可以保暖。我想高原的夏季或者就相当于春秋季吧，所以……

我在盼着天亮。白天真好，这天空，那叫一个蓝，这白云，那叫一个美！可以说，草原最奇妙最美不胜收的，就是天上的云，它们千变万化，绮丽多姿，哪怕抬头只看云彩，半天都不会厌倦。不知不觉又闪出一个念头：会有什么野兽光顾吗？孟宝听到动静还会拿着铁锹来救我吗？我这次可是在车里，应该是安全的，不会有问题，我自我宽慰着。据孟宝说，碰上一只狼还不太可怕，如果碰上狼群，那就危险了，我前几天碰上的，或许就是一只……

那天晚上，好像是有月亮，我还专门找来着，可不知为什么，回忆中星星历历在目，对月亮却一直印象不深……

东方泛白，天渐渐亮了，你快出来吧，我的太阳！

孟宝一大早就跑了过来，问我咋样？我说很好！反正，自打那天起，我再没回孟宝家的帐篷住。

藏族朋友的时间观念

时间这个东西，我不知道在藏族朋友心理上是怎样体会的，我和他们之间曾有过一个小小的约定，约略可以使我感受到他们对于时间的态度。

一日，孟宝家来了一个高个子藏族男子，孟宝告诉我，那是他哥哥。孟宝的哥哥和孟宝一样英俊消瘦，但比他高得多，也更为成熟、硬朗——为啥藏族同胞在我眼里都是那么精神？

我当然不会放过这个机会，也不客气，提出给他画张肖像。他哥哥说只是路过，呆不了多久，于是答应第二天上午九点左右专门过来让我画，为了敲定他会赴约，我又追问了一句，他很肯定，我相信了。其实我也有点像藏族同胞，很容易相信别人。

第二天，我摆好画架等一应物品，兴致勃勃，就等英俊消瘦骨感很强的孟宝的哥哥出现了。

十点了，十一点了，十二点了……我很理解，他一定是临时遇到什么情况或是路上不好走，下午一准来。

下午很快过去了，已到傍晚。毫无疑问，今天没戏了，第二天他会来吗？当然，仍然没来。

一旦瞅准什么人，我也是不会轻易放弃的！第三天，我让孟宝带着我去找他了。

孟宝的哥哥有五个小孩，最大的大概有十来岁，最小的也就三四岁，比孟宝最小的小孩稍大，很容易让人联想到这些孩子差不多是一

年生一个，好有成就感！几个小人儿七大八小地戳在草地上，自然成行排列，还是蛮有气氛的。后来我也发现，其实有五个小孩的藏族家庭，是普遍现象，孟宝有三个孩子，属于一般的。当然，他还年轻。

那天我是有准备的，口袋里装满了糖果，于是不停地分发给每个孩子，看得出糖果在孩子们的眼里还是很受欢迎的稀罕物，大家都高高兴兴地吃起来。其中有个稍大的女孩，看上去有点单薄清瘦，虽然脸上也是花里胡哨，脖子还是个“铁轴”——就是我们小时候大人常用来形容小孩子的那种因脏而显得黑乎乎的脖子的，但掩藏不住的，却是一种英秀气，这孩子若在大城市稍加收拾，肯定会出落得俊俏可爱。我有意多给了她一些，不料想，她转身就分给了她的弟弟妹妹，看来在她的概念中，没有私念——这就是高原的孩子。

稍后，我还看到了她骑在马上的英姿，说是英姿，一点也不夸张，想象一下，一个单单薄薄的女孩子，腰板挺得直直的，风吹散了头发，骑在高大的马背上镇静自若、驾熟就轻地挥鞭而去，留下了一片凌乱的马蹄声和一个小小的俏丽的身影，你不赞叹，那就算你狠！

孟宝他哥哥早就迎出来了，还没顾得同他说话。

我们跟着他进了帐篷。坐定后，问到他那天为啥没有如约前往，他只说了一句：那天有事了。他的语气自然轻松，一点看不出有什么歉意，好像这件事早已过去，不值得一提……

是啊，在这苍苍茫茫的天地间，人们何时生何时死似乎都已不再重要，也不晓得，失却了时间参照的生命，变得如此缓慢、悠长，很有点无始无终的感

觉。时光流转，地久天长，终于这生命这岁月最后便汇聚到了一起，消融在这天高地厚之间，与这天地苍穹同生同在了，有谁还会再去挂记区区一个定点的时刻……

到了高原，你的时空观念不由得你不变。

那天给孟宝哥哥画了一张半身像，有点僵，不理想。

天已晚，我们被留下来吃饭。为招待客人，孟宝的哥哥特意将拴在帐篷支撑柱子上的一块晾得已经发黑的牦牛肉割下来一块，切成小小的方块掺到了稀饭里，饭里面还加了点盐。

我看到，在割肉的时候，他顺刀削下两小块塞在嘴里津津有味地嚼了起来——那肉肯定是生的。

这咸咸的肉粥，可真腥！

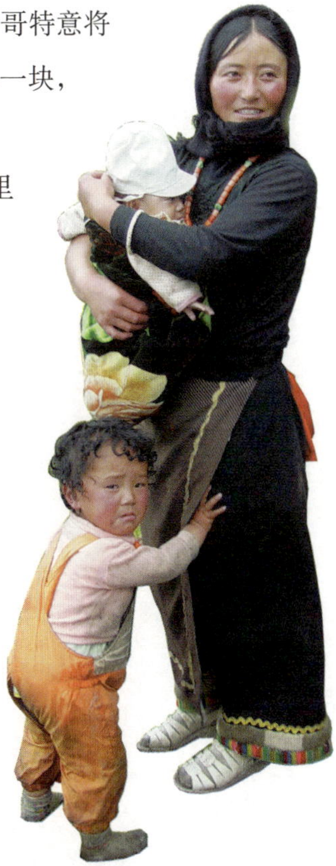

再进山

我最喜欢的这两个形象，都是那种充满了力度、野性，甚至看上去有点凶悍的形象，其实我自己心里很明白，至少我现在已经很明白，强悍的外表下原来也会暗藏友善，还有善良。

再进山

在孟宝家住了有一个多星期，他熟悉的人家似乎也已经跑得差不多了，很有点山穷水尽的感觉了。

孟宝的亲戚大部分都住在南部山区，每天奔跑于南北之间，实在是太匆忙了，我想更重要的一点，是因为我这样整天赘着孟宝，恐怕已影响到他家的正常生活，每天忙碌的牧民，哪有这么多时间陪着我这个贪婪的、整天忙着找人画的外来客到处瞎跑！虽然很感歉意，我却也是毕业创作压身，顾不得这许多……

有一天，孟宝说要带我到他哥哥家去住，说要进深山，那儿的牧民也多，也更自然。我以为就是到去过的那个消瘦英俊的哥哥家，他那儿人家是比这儿多了许多，我当然高兴，即日启程。

随后的十几天，是我与藏族牧民的生活最贴近，也是收益最多的一段时日，至今我心存感念。

大帆船

藏区的雨水好像不是太多，又是一个晴朗的日子。

车开得很快，也不知跑了多久，车向左拐下了山路，迎面是一个很大的斜坡，远远看见在山坡左上方一片绿色草丛中露出一个黑色块，记得孟宝那个瘦瘦高高的哥哥家不是这样的，那是一

个平原地带，这儿环境不对，问他，才知道，那天去的是他二哥家，今天是到他大哥家。

由于坡度太大，直直地开上去显然是不可能。随着一阵轰鸣，车子先往右再往左很优雅地划了一个大大的弧线，在离帐篷不远的山坡上停了下来。

一匹白马拴在柱子上，漂亮得像传说中的龙太子变的，还有一只挣着铁链拼命吠叫的藏狗，额头上顶着两撮白毛，长得也很英俊，很像一个年富力强的小伙子，正当年。

孟宝的哥哥出来了，一个小女孩紧拽着他的胳膊跟了出来，应该是他的女儿吧，后面是女主人，还有一条漂亮的黄脸小白狗。孟宝说他哥哥还有一男一女两个孩子，应该是去放牛还没回来。据说他还有一个大男孩，从小就被送到寺院里去了，这是藏族的规矩，第一个男孩要出家，并且所有的食、用等一应物品的费用全由家里供奉。

孟宝的大哥显然是一个标准的藏族汉子，也可以说是一位美男子，身材虽然不如他二哥高但宽宽厚厚，很挺拔，一身的男子气，孟宝往他身边一站，立马显得文弱而又秀气，典型一个小老弟。

他们的藏包可比孟宝家大多了，很宽敞，里面的结构倒是和孟宝家没有什

么区别，只是因为宽大，亮堂了许多。进门左手垛着一大垛牛粪干，也比孟宝家的大得多，门右手停着一辆大摩托，威风凛凛，很像是这家男主人的风格。帐篷的外结构好像也比孟宝家复杂了一些，周边多了很多绳子和立柱，还扎着许多随风飘摆的彩色小布幡和晾晒的衣物，有一根长杆插在中央高高立起，最上端，一片长方形红布像旗帜一样迎风招展，从四面八方向它汇集的绳索上也挂满了五颜六色的布片，打眼望去，恰如一艘乘风远航的大帆船。不错，就是一艘大帆船！

大帆船浮动在一片葱郁的绿草环绕的波浪中。帆船背后，是连绵的“山坡”。绕着大帆船上边缘和两个侧面地上，还挖出了一圈不浅不深的沟痕，看得出是用来排泄雨水的。帆船前面，也是缓缓的坡，顺坡往下望去，在一片矮矮的杂丛绿叶遮蔽下，是一条溪流，越过溪流再往远处看，清晰明朗，横在下面隐隐看得到的，是那条我们刚刚走过的泛黄的土路，一直向左前方伸展过去，稍往上看，山峦叠嶂，但比视平线高不了多少，显得视野极为深远开阔……我喜欢这感觉！

沏上奶茶——这奶茶可比孟宝家的更像奶茶了，最明显的一点是牛奶多了，浓了，白蒙蒙的。我们正喝着聊着，外面又进来两个男人，其中一位老人，声

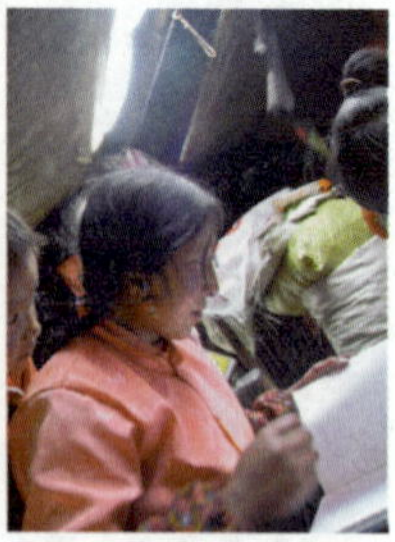

音洪亮，应该也是他家的亲戚吧，看上去很受尊重。他热情友好地冲我重复着几句藏语，看得出他的豪爽与好客。

门口传来了哞哞的牛叫声，好像牛挺多，一阵纷乱过后，一男一女两个孩子相继走了进来。男孩是弟弟，黑黑瘦瘦挺精神，他在县城上小学，放暑假在家。姐姐……年龄不好说，看样子没有三十少说也得有二十六七岁，皮肤挺白，脸颊红红的。屋里一下子热闹了起来。

女主人做了糌粑，应该是为款待客人专门做的。糌粑的做法挺简单，就是放碗里一种类似炒面一样的东西，应该是青稞吧，用热水沁上，外加一大勺酥油和白砂糖，然后用手捏匀就成。他们几个一人手里捧着一只碗，非常熟练地捏了起来，很像我小时候玩的和泥巴。不一会儿，便都捏成了一个不软不硬的面团子，塞在嘴里就吃。那位老人也递给我一碗，眼看着他挖了大半勺微微透黄的腻腻的酥油，就用他那大黑手指甲盖把油撇到我碗里来了。瞅着这一大块黄呼呼的东西，心里犹豫了起来。按过去的饮食常识，多吃水果青菜……这可是一大团油啊！其实我是吃过糌粑的，那是阿戈在去郎木寺路上的藏包里用于示范时做的，当时尝了一小块，挺粗，有点划嗓子，不怎么好吃，眼下这白糖酥油浇水和面，肯定也好吃不到哪里去。我踌躇了一下，还是婉谢了，将碗递给了孟宝，然后像前两天一样，又亮出了方便面。岂不知，就此犯下了造成我身体日渐衰弱的祸根。

用饭毕，我怔怔地看着他们整齐划一的动作：用舌头转着圈，把碗舔得干干净净。

孟宝也留宿一夜。我、他还有他大哥三个大男人，同睡大帆船的右侧，我

还是紧靠着帐篷边沿。

第二天一早，孟宝回去了。

像小狗一样的牦牛

孟宝大哥家的牦牛长得很强壮，早晨起来一看，就在门口斜坡上，热气腾腾站了一大片，怎么也得有七八十头。

想起孟宝家北侧沼泽地那一带，也经常会有牦牛群出现，只是不知是谁家的，它们就在那里安静地吃草，一坨一坨肆意地排泄，一泡尿要撒好久，冒着腾腾热气。

记得那是第一次近距离见到这么多牦牛，我还跑过去仔细观赏了一阵。牦牛身上的毛很长，大部分是黑色的，也有白色的，但不纯，有花斑，有一头白牦牛就是这样，长长的毛一直垂到地上，像一面大帘子，还拖着一条巨大的尾巴，铺散开来就像是一把巨大的用细细的枝条编扎起来的扫把，很是气派。不知是

不是因为嫌毛太长还是留作他用，有些牛毛显然被剪过了，长短不一，很像曾经见过的那群剪了毛的羊，好在他们大部分是黑色，个头又大，远看并不明显。早晨的阳光从背面照过来，强烈的逆光在脊背上划出了一道力度无比顿挫有致的光的笔触。

光晕笼罩，生命鲜活……

清晨，孟宝大哥家的小男孩，骑着一头黑色的大牦牛走了。又过了一会儿，他女儿也骑着牦牛走了。刚刚还熙熙攘攘的一大片黑鬼鬼的牛群，转眼只剩下了一堆堆、一滩滩冒着热气的牛粪。于是，孟宝大哥的爱人驮着个长长的大粪筐朝那一大片排泄物走过去。

我也兴致勃勃地往后面东山坡上爬，想居高临下，四面瞧一瞧。

山坡非常平缓，不一会儿就到了顶部，依然是缓缓往南北两方蔓延过去起起伏伏的草地。看来这儿生态应该不错，因为草地上散散落落分布着不少地老鼠的洞穴，说是老鼠个头却又有点儿大，一个个胖嘟嘟的很像是小兔子，但灵活机敏的样子却又活脱脱是只老鼠。经常会看到一个灰溜溜的小脑袋在洞口东张西望，灵活的脖子，像安了滑轮，它们不时从一个洞口钻出来，转眼又钻进不远处的另一个洞里去，很有点四通八达的感觉。俗话说，狡兔三穴，看来不

仅兔子，老鼠也一样狡猾。

远远看到有几个藏女迎面从山坡后面绕了出来，她们不时地低头挖着什么，还有一个落在后面，蹲在地上。我很自然地有点条件反射般地扭过头去不看，因为我有过一次经验，在孟宝家时，曾看到住不远处的那家一老一少，可能是婆婆和儿媳妇，俩人斜倚在一起互相拔弄着头发找虱子（我敢肯定），我远远地拍了一张照片，正想往她们身边走，发现那个年轻媳妇站了起来，走到不远处的河边蹲下了，大裙子铺散在草地上，我隐隐约约记得有人说过藏女如厕的方式就是这样，我赶紧站住了再没敢动，果然，那位媳妇蹲了一小会儿就站了起来，转身回来了，好悬！

再往前，绕过一个沟壑，登上了一个高坡，回眸四顾，真所谓“极目楚天舒”，一片清澈——你想象不到人的视力能看到如此之远，似乎是没有极限一般，并且，一切都是这样透明清晰。苍天碧地，壮阔无极，这正是我要表达的视界！

无意中往山坡下扫了一眼，忽然感觉有一点眩晕，山并不高呀，我从来也没有恐高这毛病，怎么会……这真是我从来没有过的体验！就在此时，我感觉黑乎乎好像有一片什么东西从山下经过，定睛一看，清清楚楚，山底斜坡上有一大群黑黑的小狗正缓缓自右向左穿行，这一景象委实令我心中一怔——哪来

这么多小狗！……转瞬间，突然明白了过来，我脚下踩的，岂止是一个山坡，那干脆就是一座高山，是高原上的高山！而那一群黑黑的小家伙，又岂止是小狗，是牦牛！

看得太清晰，有时也会给人以错觉。艺术中，也一样。

想吃手把肉

住在藏包的日子，过得很愉快，我也住得挺踏实，经常给孟宝他大哥和他的小女儿画张速写拍个照什么的，因为只有他俩整天猫在家里。

亲眼见到了牧民们的生活，也渐渐明白了，这儿的情景远不是一厢情愿想象出的那种浪漫——唱着牧歌，骑着骏马奔驰，漫山遍野的牛羊，整天吃着手把肉，喝着酥油茶……这儿的牧民生活很艰苦，山区里根本就没有羊，也没有水果，没有蔬菜，只有牦牛。想起我从临夏买的那把至今一次都没派上过用场的小刀——当时也实在是有点过于异想天开了，现在回想起来，还依然觉得可笑。

实在说，进牧区十几天了没吃过一次像样的肉食，还真是馋了，想起去郎木寺路上热腾腾的煮全羊，想起当年去内蒙牧民招待我们的、必须用刀子割成小块才方便吃的一大堆大块的又鲜又嫩的手把肉……

孟宝还是那样，一有时间就会过来，带着我走东家串西家。说来也巧，这天来到了一家好像是个比较富裕的人家，刚刚宰了一头牦牛，人手挺多，很忙，有的剥牛皮，有的灌牛肠，我们自然是当仁不让，进了家门。牧民就是这样，不管到了谁家，只要赶上吃饭或是吃什么好东西，一定是热情相邀共同分享，这是他们的规矩。孟宝告诉我，其实这儿的牧民也很少能吃到肉，通常是隔一段时间由几家合宰一头牛，大家分分，然后过一段时间再轮另一家。

牛肉灌肠现场还真的是第一次见，真的就是把切碎的牛肉塞进真牛肠子里去，两头封口扎紧，一根一根横七竖八地堆在那里，切肉的大木板子上血水汪汪，一片狼藉。在场的人一边做肠一边煮，已有一大盆刚刚煮好的肠子堆在铺了一块塑料布的地上，他家两个小男孩正忙不迭地一边吹气一边往嘴里塞热肠子。

主人招呼我俩，挤了挤坐了下来，顺手递给我一段肉肠子、一把挺长的刀，还有小半碗酱油。看着眼前这一堆灰乎乎半浸在浑浑的汤里好像还有点蠕动着的圆滚滚的肠子，实在不好比喻它们像什么，明明知道该吃点肉了，可还真不那么有食欲……心情有点复杂。也罢，这虽然不是手把肉，但毕竟也是肉！

我切了一小块尝了尝，还不错，尤其是沾上酱油有了咸味，还真有点鲜美的意思。我又切了一块嚼着，再没敢多吃，因为我也知道，在内地从来也没吃过牦牛肉，又如此长时间没吃肉了，这肠胃不知还受不受得了，还是慎重点好。

到了下午，还是没脱得了厄运——肚子闹腾了一大阵子。

路遇"恶人"

自从孟宝带我周游藏包的第一天，他就反反复复地向我讲他对牧区各种人的看法，总之无非只有两种人，一种是他喜欢的，好人；一种是他不喜欢的，坏蛋。走了一段，在路边出现了几个不太大的三角帐篷，很不同于牧民们住的那种宽宽大大的藏包。我问里面是住人还是放什么东西？孟宝说这里面住的是挖白茆（音译）的女孩子，一到这个季节就会有人前来专门收购，于是就有人雇用她们为收购商人挖这种东西。我一下想起来孟宝家门口整天有一块铺在地上的塑料布，上面晾晒着白白的像一种瓣状的豆子一样的东西，他大哥家门口也晾着一大片，还有在山上看到的那几个挖东西的藏女……是不是就是在挖这个？我猜想，这大概是一种高原特产，可入药或做补品一类的植物吧，就像冬虫夏草一样，当然，不如它名贵。

孟宝还告诉我一件有意思的事，这些女孩聚集的小帐篷，经常会招惹一些藏族

小伙子傍晚时分前来献殷勤，他们会围着帐篷唱情歌，经常会有姑娘动心，如果看上谁，就会跟他外出幽会。所以，那些雇主们的负担还是挺重的，他们会看守着她们，不让小伙子们靠近。

男情女爱，自古以来，无疆无界，然而求爱的方式却是多姿多彩，藏族青年的这种浪漫和直率，还真有点别样的美感。

上午到了几个牧民家，由于多数都外出干活，也没停留，好在有一家男主人在，挺年轻，是孟宝的朋友，给他全家拍了合影。

原路返回路上，孟波好像想起了谁，说那儿有好几家牧民住一起，带我去看看。

我们随走随聊，突然眼见得前面不远处

路边，站着三个看上去挺凶蛮的藏族男人，很显然，他们是要搭车。

孟宝的不情愿是显而易见的，但也躲不过去了，路那么窄，而他们已经快站到了路的中间，很有点要强行上车的味道，我不禁心头一紧……是不是遇上孟宝说的那种“恶人”了？

孟宝有点无奈地停下车，由于车小他们又都穿着大袍子，一个个干脆就是硬塞了进来。三位一上车就东倒西歪斜依在后车座上，四脚八叉没个样，一瞅那作派就很彪悍的样子，尤其是其中一位看上去凶神恶煞，一脸凶相——如果当模特，倒是蛮不错……你瞧，危难当头，我还在胡思乱想。

他们在同孟宝讲话，在我看来就是交涉，由于听不懂，也不知道是不是在要挟孟宝，暗自担心假如他们的不合理要求孟宝不从动起手来……二对三，那也不能束手就擒！

车还在继续往前开，他们还在说话，看迟迟没有什么动作，我也有点放松了下来，悄声问孟宝，他们是什么人？孟宝说他们是他认识的熟人。哈，一场虚惊！

专找丑的画

孟宝要带我去的牧民朋友家到了。在一块挺开阔平整的草地上，住着好几家牧民，当我们走进一家帐篷时，我注意到门口一个很有形的大个子正忙着干活，没想到的是，那三位看上去很不良善的小伙子也跟着我们一起进了帐篷，原来他们都是熟人。

主人挺热情，是个挺魁梧的大高个男子，寒暄了几句，坐定后，我忍不住

问孟宝，能不能画画跟我们一块进来的看上去最凶的那位藏族同胞？于是孟宝去问了一句，不曾想他竟然答应了。

哈哈，凶蛮的小伙子在我眼里一下子变成了一个标准的模特！我当时的兴奋劲就甭提了，马上从车上搬下画架画板——这些玩意儿一直跟着我们的车转战南北已经不少时日了，有车就是方便！

支上画板，高度成了问题，因为通常牧民家是没有板凳这类物件的，要么站着，要么席地而坐，没有其它选择，情急之下，我发现跪着画高度正合适。

做模特的这位凶小伙倒很配合，甚至是有点言听计从，虽然他不时地扭头和人说话，但也没忘按我的要求时常朝我转过脸来。

这位“恶人”瞪着一对明显偏黄的硕大的眼珠子，浅色瞳孔透射出一种原始野性的光，有点毛烘烘的翻卷着的零乱的头发紧贴在脑门上，扁扁地匍匐着，露出了一丝狰狞，稀松的两缕胡须遮盖住了半拉上唇，还有络腮胡子，大藏袍子……太带劲了！

大概有近两个小时，中间没休息，一气呵成。应该说，这张素描是这次藏区写生中形象画得最生动的作品之一。

放下笔，我挺满意地想起身退后看看，不料想膝盖疼得根本就站不起来，我晃晃悠悠地退后了两步，瞅着画面心里美滋滋的，此刻涌上心头的就只一个字："值"！

恰在这时，门口那位有形大个子进来了，瞧那高高挺拔的大鼻子带着一个弧度直冲下来，把整个脸形扯带得刚烈而又有力——原来他是男主人的弟弟，这也正是我四处搜寻的理想形象，当然不能放过这个机会！

藏族朋友就是友好！重支画架再开张，又是一阵紧锣密鼓的忙乱。

自然，我最喜欢的这两个形象，都是那种充满了力度、野性，甚至看上去有点凶悍的形象，其实我自己心里很明白，至少我现在已经很明白，强悍的外表下原来也会暗藏友善，还有善良。

画得兴起，又想，也顺手给大高个男主人来张速写吧——虽然他的端庄形

象并不怎么吸引我。钢笔正勾勾划划地在纸上划拉，男主人眼睛看着我，又好像没看，他显然是依据我刚才选形象的举动做出了判断，只听他若有所思自言自语地说了一句：专找丑的画！——这是孟宝给我翻译的。

我们在这家呆了整整一个下午，趁阳光还好，给他们拍了全家照。草地上，夕阳斜斜地照射着这暖融融的一家人——男的威武高大，女的秀美温顺，孩子顽皮可爱，真可谓是天设地造，美轮美奂！

自打到藏区，这是我最满意的一天。

溪流清澈

在山里，要想洗澡，也算是个问题。水倒是不缺，到处都是溪流纵横，凉点儿也不怕，我已适应了这冰火两重天的气候，就是有一点不好办——太敞亮了！高高低低的山坡是不少，可只要是有人住的地方，一般都比较平缓，没遮没拦的，更何况远处总能看到个把牧民在忙活什么，尤其那些个采白茆的女人，无处不在，随时随地都可能出乎意料地冒出来，一个大男人，总还是有点不好意思吧……

听说过藏女洗澡的方式，也见过一些类似的作品：轻展腰肢梳秀发，碧水涟漪远青山……煞是浪漫！不过，来藏区一个多月了，我可是从来没有见过这样的景致，只一次得见孟宝家邻居婆媳俩远远地在小河边洗头，弓背低头，和我们一样，只不过我们是在室内，她们是在河边，其它看不出有什么不同。

可澡还是要洗，咋办？在孟宝家，我是趁天黑到那片小沼泽地……清凉的水真是爽透了！可现在住的这儿又敞亮又开阔，远远一看，一切都在人们的视线之内，况且这儿的水好像比孟宝家的还要凉！

在河边洗显然是不可能，因为从山路上就能看上来，又不时有路人通过，那就等于是个露天浴场，更何况我们自己家又有女孩又有女主人……

水源反正多得是，我开始漫山遍野地转，最后选定左面不远拐过山坡后面的那条溪流，沙石底，很干净，水流不大但足以斜插进脸盆舀水了，旁边坡虽

不高但只要蹲下就挺“安全”，离家又近，就这儿了。

选了个正午饭后，人又少天又暖，正是好时机。我兴冲冲地带着两个大塑料盆——就是上次去县城买的那个，我把自己用的也随身带过来了，绕过山坡几步就到了。

放好毛巾肥皂，找个溪水稍深的地方，把盆斜着放到水流上。因为水还是有点浅，只能接小半盆水，然后再把水倒进另一个盆里，只三两次，就接了满满一盆，心想，先放在太阳下晒一晒升升温，然后，可以局部局部地洗，先洗头，再往下发展，两头夹击，这样就可以缩短最“危险”的时段，各个击破，速战速决！

高原的太阳真的是温暖，高高悬在头顶，我脱掉长裤长褂，还有那件满是口袋穿到身上就再没扒下来的坎肩，蹲在小溪边，看着清澈无比汩汩流淌的水流，不断在落差大湍急一些的地方激起了涟漪，那种翻转悱恻的姿态，一圈圈荡漾开去的柔美，真的是难以言说。

我慢慢把手插进水里……这才是真正的甘冽清澈，看着微黄的细沙在水流的挟持下时徐时疾翻过手指，然后，消失在水底，再也分不清它们的踪迹……

我一直在想，这众多的溪流来自何方？你说是雨水吧，它不应该这么凉，你说是雪水吧，可它又是从地下冒出来的。然而就是它们，浇灌了这一方土地，这牛，这羊，这草，这山，这一群朴厚的人群……想着想着，不由得激越了起来——

它们来自哪里，又要去向何方？它们会汇成江河、聚成湖泊吗？他们会翻卷着、奔涌着、呼啸着流向大海吗？江河万里行，终将归大海，那最终水天一色的一泓碧蓝，还会扬起滔天巨浪，去重温它们曾经的青春激荡的情怀吗？那静穆后无声无息的平和宁静，又是在回味一生的跌宕起落、辛劳荣光吗？

我不知道这清澈的溪水能不能像雅鲁藏布江的江水一样“把我的心洗净”，但这滑润清凉的琼液，确乎是有一种沁入肌肤、沁入心脾的力量！

好啦，还是回到眼下，速战速决！

高原小卖部

离我家大帆船不远，就在山路旁边，有一个小卖部。

小部也是一个白色的三角帐篷，第一次看见它还以为是那些挖白茆的女孩子们住的，后来发现里面坐着一个大老爷们，满脸胡茬，面前摆满了各种各样的糕点小食品，还有啤酒，我到牧区后好像还从来没有见到过有人喝酒，本以为他们宗教不允许，看来也不尽然。

高原上竟然也有小卖部，好像一下子把天上和人间拉近了。

闲来无事，反正就是哪儿有人，就往哪儿凑。我夹了个速写本，跑到小卖部去了。

店老板的形象特点不是太突出，比较温厚，就画张速写吧。我慢慢画着，一帮小孩子钻过来钻过去围着看热闹。

远远的有一个年轻小伙子骑马过来了，看样子是来买东西。他跳下马，钻进帐篷，东挑西捡划拉了一大堆，我注意到里面有好几瓶啤酒，正担心他往哪儿放，转眼却发现东西都不见了，打量了半天才发现，原来全都被他塞到了大袍子里，好家伙，腰里鼓鼓囊囊一大坨，难怪他们把裤腰带扎得这么靠下，都退到肚子下面去了，呵呵，还是有道理的。

小伙子整点好食物，翻身上马。结果，没上得去，被大肚子顶了下来！哈哈，我不禁哑然失笑，这肚子也太大了吧！ 大概是笑出声来了，小伙子看了我一眼，倒也没什么表情，二番上马，成功。

望着他匆匆远去的背影，我眼前依然是他刚刚落马时的滑稽模样，是不是有点可笑？！

牛粪飘香

牛粪在现代都市，自然是见所未见，然而到了藏区，尤其到了牧区，那可以说就是无处不在了。

刚到牧区时，我是见粪就躲，心想，粪，就是屎，那可不是能随便踩的。后来才发现，这些避之不及的尤物，你根本就躲不过去！因为在牧区，到处都是，山前、山后、大路上、溪水旁，尤其是牧民住的藏包附近，干脆可以说就是被牛粪包围着，若要不踩牛粪，根本就是不可能。于是我的标准马上就降了下来：踩牛粪没关系，只要不踩上鲜的，因为我在山上不留意踩到过，还是比较臭的。

我所见到牛粪最大的用途，就是做燃料。

住在孟宝家时，可以说还是个心理过渡期，我只是试着拿起几块往炉火里填了填，好像真的是没有什么异味。住到他大哥家后，可以说对牛粪这种燃料，便完全接受了，只要炉子需要，我都随时待命。你想呀，牛本来吃的就是草，甚至可以说只有草，当然牛粪晾干挥发以后剩下的，只能还是草，草有什么可脏的？晒干了的草不正适合拿来作燃料吗？

我观察到了牛粪干制作的整个过程：

通常是家里的女主人或女孩子，后背驮着一个很大的筐，说是驮着而不是背着，是因为我们背的概念一般会联想到背书包的方式，而牧民背的筐实在有点太大了，它也不是我们从画报上见到的那种长长的圆筐，而是一种方口大大敞开的，用藤条一类植物编织的筐，如果和她们的身材相比的话，那实在是太大太重了，所以只能用“驮”来形容。

她们通常都会将一块挺大的塑料布搭在左肩上，用以保护身体不被太多牛

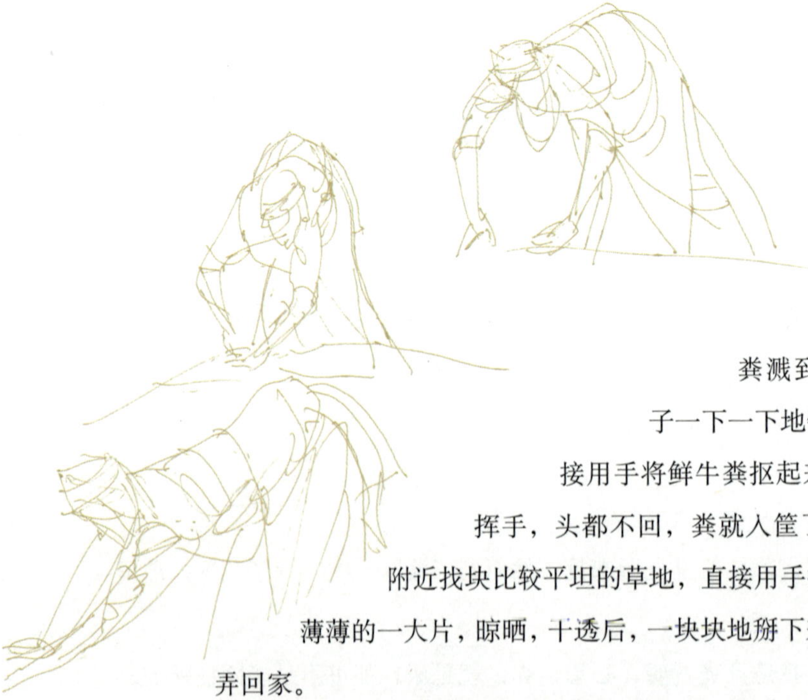

粪溅到，右手持一把铲子一下一下地铲，或干脆就是直接用手将鲜牛粪抠起来，熟练地往后一挥手，头都不回，粪就入筐了。她们都是在家附近找块比较平坦的草地，直接用手把粪摊抹开，铺成薄薄的一大片，晾晒，干透后，一块块地掰下来，摞起来，装筐，弄回家。

我曾多次看到藏女在藏包附近，高高撅着屁股，俯着身子用手摊铺鲜牛粪，也曾在山上见到藏女驮着大筐漫山遍野捡牛粪，我想，她们的手，不知会损坏成了什么样子。

牛粪对于他们的生活，实在是太密切太重要了，我也接受了它。

然而，牛粪也有一项令我最不能容忍的功能，那就是制造“烟”！

帐篷是用来遮风避雨的，它可以抵御严寒，遮挡酷暑，保住了帐篷内的温度，同时也护住了帐篷里的烟。

通常，帐篷顶端的开口都是敞着的，它可以通风透气，也可以挥发帐篷里的烟，然而当下雨的时候，尤其是晚上下雨的时候，那烟就无处可去了。对于藏族牧民们，它毫无妨碍，好像根本就不曾存在，而对我来说，简直就是一个最柔软温暖的梦魇。

记得小时候坐火车，车厢里经常会有不少人吸烟，那时是没有什么无烟车厢的，外出乘车来来回回基本就是笼罩在烟雾之中，倒也没有太受不了的印象。然而不知从何时起，却对烟从生理上就有了一种排斥，如果身边有人吸烟，很多时候一个直接的收益就是难受，头疼，所以我自己夏秋有蚊虫的季节也从来不用蚊香，因为我的反应可能和蚊子差不太多，熏一会儿自己先就像中了毒一样……

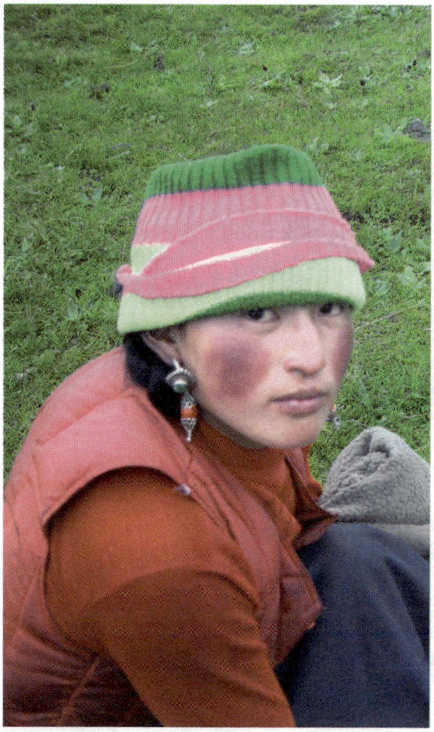

藏包里的烟可比蚊香厉害多了，下雨天当顶篷窗被关闭烟雾腾起的时候，就是我最遭罪的时刻。白天还好说，我可以不时地跑到外面淋着雨大喘几口气缓一缓，如果在晚上睡觉时下雨，那就惨了，因为睡前一般都是要给炉子埋上一大堆粪干，即便不下雨，他们为了保温通常也不会开着天窗，我已领略过高原夜晚的温度，所以也是十分理解，无奈的我，只能眼睁睁看着那些浓浓的、像妖魔一样升腾起来的无比妖娆多姿的白色身影慢慢弥漫到整个棚顶，然后毫无商量地慢慢压下来，压下来，直到充溢到每个角落，塞满整个空间。我的反应就是，先是站着，无助地看着棚顶，然后弯腰、下蹲、坐下、躺倒……依然不能逃避这温情的白花花的热吻，于是我干脆就把帐篷的底端掀开，把鼻子伸出去……睡觉时，又不能老伸手掀着帐篷，终极解决方式：把我那厚厚的旅游鞋撑在帐篷边上！外面的空气可真凉爽，还有风，效果不错！

多少个夜晚，我就是这样度过的。不过，牛粪，我还是接受了它。

十八岁的女孩

孟宝的大哥在家的孩子有三个（不算出家的那一个），老二是小男孩，小学生，很聪明伶俐的样子，笑起来很灿烂，白天出去放牛，基本不在家。小女儿显然是爸爸的掌上明珠，整天和他爸爸闹，拽着她爸爸的胳膊撒娇。

我一直没看出来大女儿的年龄，还是第一次见面时的判断：不到三十，也应该是在二十六七岁。不知为何，从来没有想过她这么大年龄为何还守在父母身边，毫无疑问，她是她妈妈的好帮手。

通常，我醒来的时候，她已经上山放牛去了，所以早上一般不太见得到，有时也会一天不见，晚上才回来。也可能是她弟弟放假在家，能帮她放牛，有时也不外出。

她最忙碌的时候，应该就是傍晚，牛群回来了，黑压压一大片，蓝蔚蔚的夜色中，只见她和她的妈妈的身影来回晃动，还有他弟弟，忙忙碌碌，穿梭往来于牛群之中，赶牛，挤奶，清理粪便。

一天，我看到她又如往常一样，拿着桶去河边提水。孟宝大哥家有口大缸，装着食用水，好多次，我看见她拎着水桶从河边回来，这一次，我也想显一下身手，我自信我的力量起码不会比她差。我来到她身边俯下身子，由于我们语言完全不通，当在河边正用舀子一勺勺往桶里舀水的她终于弄懂了我的来意，并没有说什么，只是把水桶让给了我。

从河边到帐篷没有多远，也就四五十米，我满心满算一口气就会拎上来，可我忘了，这是在高原，从河边到帐篷也是要上坡的，更何况，这鼓鼓的水桶像挺着个大肚子，盛起水来一点也不含糊。

我坚持着走了大半截，已经上气不接下气，实在走不动了，我不情愿地放下水桶，慢慢直起腰，尽量让人看上去有点若无其事的样子，实际上正在背对着她的方向拼命喘气……歇了一会儿，我正在合计一口气能不能把下面的距离走完，突然身边伸过一只手，拎上水桶就走了，轻松而又自然——那是她的背影。

有几件事，令我印象深刻：

我注意到，她皮肤白皙，是偏冷的那种，脸颊红润，也是一种冷红——所谓高原红，其实是有点儿像西洋红，微微带点紫味。有时她会穿一件色彩很饱和类似石绿色的上衣，系着粉红的头巾，显得色彩非常丰富漂亮，我心里暗自赞美：这形象，这色彩，太适合画油画了，看来，要画出好的色彩，还是要找到好的模特——难怪画画的人都“好色”。

然而有一天，心情却发生了戏剧性的变化。那天，她侧坐在帐篷门口，手里像是在忙着做什么活，我想画张速写，由于逆光看不太清楚，也晓得她不太愿意让我画，于是便悄悄向她跟前蹭了几步，想尽量靠近一点儿……不经意间的一个发现，令我大吃一惊，不禁倒退了半步——她脸上那漂亮的红颜色，原来，原来根本就不是什么皮肤色，而是——全部是一条条细细弯弯的红色血丝！很有点像是小时候会在池塘边常看到的那种浮游在水里的细细的红线虫，一团一团密密麻麻，薄薄的皮肤，遮不住这生命的本色，它们千丝万缕交织在一起，汇聚成一抹“绯红”……我很难形容自己当时吃惊的心情，怔了一会儿，没有画，也不忍再看，幡然的醒悟竟然使我感到有点儿羞愧：浮光掠影的我们，曾经是那样地“挑剔”，那样地“高傲”，似乎天下的美景，都不足以让我满意——是高原的清澈，高原的阳光，高原的绿地与绯红，映衬出以往的无知与浅薄！天地万物自此在我眼里，增添了新的内容，有了新的内涵。

我注意到，作为藏女，她的形象非常典型，正是我们概念中应该如是的形象。可她好像羞于让我拍照，总躲躲闪闪地不让我画，当她发现我端着相机像猎狗一样觊觎她时，多数都会赶快跑开，但偶尔也会短暂配合一下，姿势保持一小会儿。我则是不会放过任何一个可乘之机，譬如她在河边汲水的时候，譬如她在忙碌着干活顾及不到别人的时候，还有一次是在她坐在草地上梳头的时候，也就是那一次，让我又体验了一把什么叫做“感叹”！我第一次发现，她从侧面看上去，完全不像平日里忙碌时的那种疲惫，姿态简直可以称得上是“婀娜”，有一种，简直可以说是一种惊人的美：顺前额贯通而下高高挺直的鼻梁，雕塑般典雅的结构，很有点希腊鼻的味道；薄薄的嘴唇轮廓分明，流露出一股柔软的坚毅；圆润饱满的下巴，掩饰不住的年轻的魅力；一头乌黑的秀发紧紧

扣压在头顶，勾勒出完美的头形——它就那样缓缓地悬垂下来，几乎搭落到地面，炫耀着着它的厚度、分量、还有青春的骄傲。瞬间的感觉：这应该是少女才有的靓丽！毫无疑问，她的侧面就是藏女之美的经典！美而不言，实乃真美。然而，她不是不言，而是不知！

我还注意到，她的手。我只知道，这双手，可以拎水，是有力量的；可以捡牛粪，也是无所不能的。

我还是想给她画张像，只是一直没有找到机会，终于忍不住，在我就要离开的前一天，向她爸爸求救了——我想给她画张画，她爸爸爽快地很：画吧。

她终于坐了下来，怕她不习惯坐不住，我很快先从侧面画了一张速写，然后又转到她的正面给她拍照。她手腕上带着我早一天送给她作纪念的电子表，双手叠压在一起放在膝上……当我的目光注视到它们时，不禁又吃了一惊！你瞧她那双手，简直就是一双，怎么形容呢……虽然它们依然饱满，轮廓分明，然而也实在太沧桑了：大大的骨节，在关节处高高隆起，像结成了一个个鼓鼓的疤，手背上那纵横交错的细细的纹理中深深嵌入的，是永远也洗不掉的劳作的暗痕……

这时我才知道了她的年龄，十八岁。

女人的操劳

藏族妇女辛劳到什么程度，我不好说，但我从这家女主人身上的确清清楚楚地看到了一个藏族女人每天生活的基本内容——同样的故事在每天重复，这也许就是世世代代传承下来的藏族女人的生活方式。

早起，那是毫无疑问——首先要照料那一大群牦牛。孩子去放牧，然后清理门前那群黑家伙一夜间的排泄物、铺平晾晒，然后才会做饭。我起不了那么早，一直也不知道两个孩子是吃了饭再走还是带着饭上山，即便我醒得并不晚，

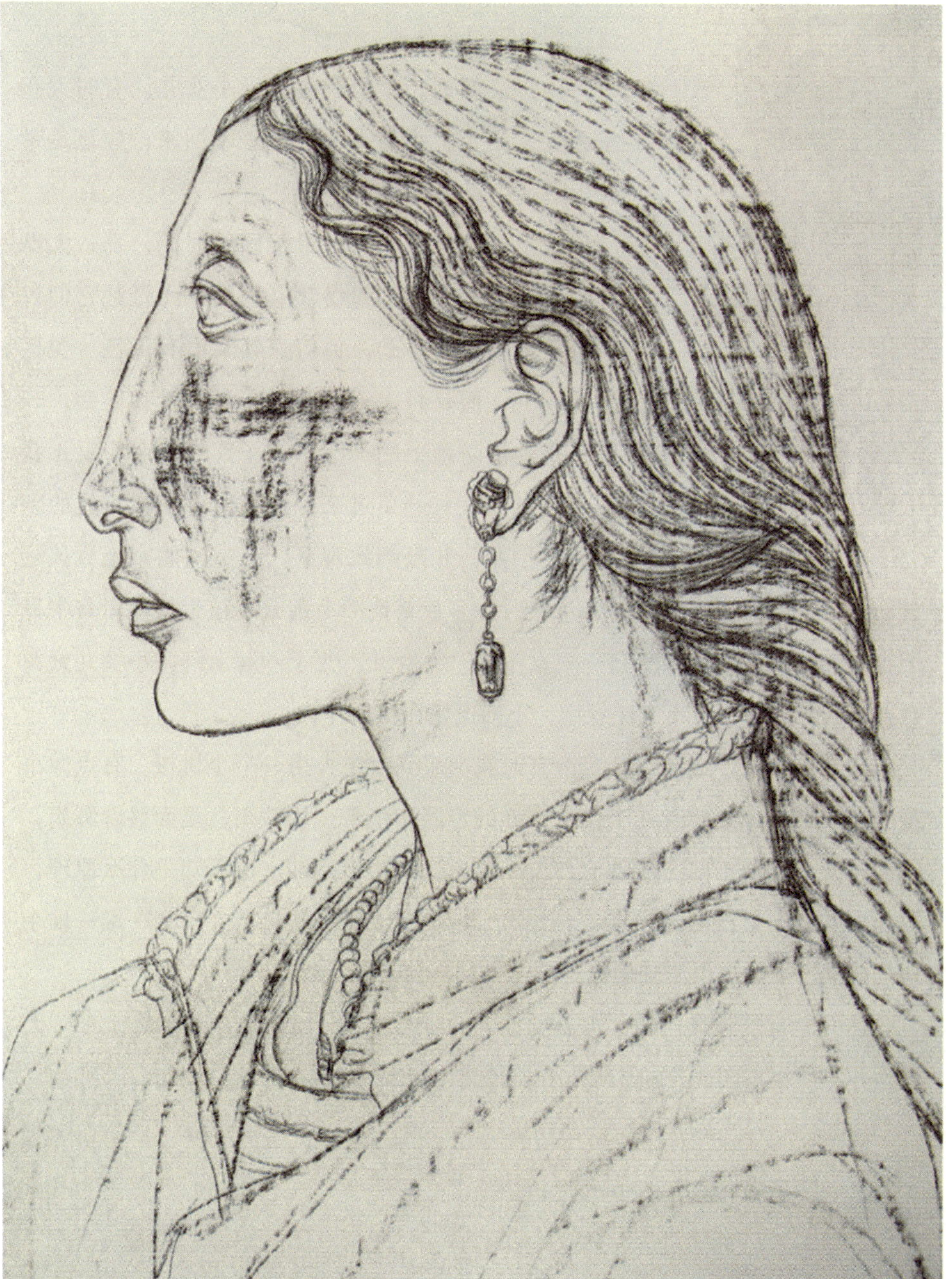

这一切也早已都做完。

中午，做饭。家里有丈夫、小女儿。有时大孩子会在家帮忙，小男孩一般中午不回来，应该是带着饭吧，白天在家很少见到他。

晚上，应该是一天中最忙碌的时刻，那一大群哞哞乱叫的牦牛，乱纷纷热气腾腾，光是赶它们各就各位就要费不少劲。他们家其实没有篱笆一类栏牛的栅栏，而是将牛一头头牵着鼻子拴在一起，一串一串地沿着地上的一溜木桩子连在一起，反正我每到这时候就只顾窜过来跑过去借着依稀可见的幽微暮色拍照，并没细致观察。当然，他家小男孩还是非常能干的，当不听话的牛乱跑时，多数是他冲上前去连拉带拽地牵着牛鼻子把它们拧回来，一家三口——女主人、大女儿、儿子一起上阵，小女儿好像也在场帮忙，我平时不太注意她，不知道她在忙活什么。

还有挤牛奶，过滤牛奶——有时我会看到女主人用一个小机械，有点像小型的金属磨盘，上面有一个像盆一样的容器，垫着一块纱布，里面盛着鲜奶，下面是两个朝向不同方向的出口，一边出奶一边出酥油，也不知是什么原理，下面接着一个大铁桶和一个花脸盆……她们还在门口塑料布上晾晒一堆一堆小块的奶酪，不知道由奶到做成奶酪这中间还隔着什么程序。

还有，每天晾晒白茆，也是女主人的日常事务。看着眼前塑料布上那一大堆白花花的小东西，不知道得花多少时间才能采这么多。小男孩只管每天放牛，

看来，这些东西应该是大女儿专程上山去挖的。我注意到牧民们家家好像都在挖这些东西，孟宝说，晾好晒干，一斤可以卖几百块钱，原来是这样，这很可能是牧民们非常重要的一个收入来源。

至于用那沉沉的水桶拎水洗衣和其它家务，就更是没完没了的了。

她每天有多么劳累，好像也不必多说，每当你看到她撩开帐篷，一脸疲惫弓着腰很吃力地走进来的时候，你就明白了。

我曾疑问，藏族女人，不管是姑娘还是妇女，甚至是很老的女人，就如我在阿坝亲眼所见磕拜的白发人，都是臀部翘起，腰板直挺，她们上身与下身的转折点好像不是在腰上而是在臀部，在大腿与上身相接的髋关节。现在我明白了，这与她们从小就驮着一个大大的筐应该有着直接的关系，那又沉又硬的筐，不允许她们再有别的姿态。

生活在继续，日复一日，年复一年，没有声息，也没有任何变化。

一天，女主人在家忙着烧水做饭，烟雾笼罩在她的周围，我早就晓得了，烟对她们是不起作用的，就连她家最小的女孩被罩在烟雾里，也依然会神态自然，若无其事，远不像我这么“脆弱”。我不停地给女主人拍照，各个角度：平视，仰视，每个方便拍到的视点都不放过。她在不停地转动，干这干那，偶尔也会回头面对着我停一下，让我拍得从容一点儿，有时还会冲我笑一笑——就是这一笑，却在我心中引发了一阵触动：瞧那挺挺的鼻梁，她年轻时一定也是很俊秀的！

女主人的脸庞有点清瘦，端端正正，称得上是十分标致。当她不笑的时候，是温和的，微微有一点儿茫然抑或说木然，然而当她蓦然一笑，眼睛里便会有

星光一闪，真个是“天都亮了”——满脸洋溢出来的那片光彩，把幽暗的帐篷都照亮了！

她也曾像孟宝二哥家的小女孩跃马扬鞭地驰骋草原吗？她也曾像他十八岁的女儿待嫁出阁心怀美梦吗？她也曾像住三角帐篷挖白茆的藏家姑娘听着情歌和小伙子幽会吗？她也曾……也许没有什么也曾，她就这样平平淡淡地出嫁，安安静静地生活。

不必再多奢想，现实的生活，就是这样。

男人的威风

孟宝的大哥的确威风，身材魁梧，挺拔，男子气。不过时间长了，我却心里生出来那么一丝不平——老婆、孩子每天都忙个不停，累个半死，他却总是那么悠闲。他的弟弟是啥活都干，整天忙得见不到人影，而他却相反，什么也不做，整天玩，要么逗逗小女儿；要么门口站站，抽支烟，望望远处的群山；再不然，也偶尔会看到他去遛遛他那匹大白马，看得出那是他的心爱之物。也许他每天都遛马，只是我常外出不在家，作息、行程不同，没有看到。不知其他人家的大男人是不是也像孟宝大哥这样。

记得有两次，孟宝不在，车留下了，他开车带我外出。第一次忘了是去哪儿，印象不深，只记得路上有一群姑娘嘻嘻哈哈地拦住了他，要搭车，瞧他那洋洋得意的笑模样，肯定是姑娘们在哄他夸他，结果不用问，他当然是慷慨应允，很有点雄赳赳的样子。

再一次是去县城，好像是加油还是购买了点什么，回来的晚了，路很黑，亮着前灯，车颠颠簸簸地行进着，在路过一个住有几家藏族牧民的山坡时——这也是我和孟宝每次进县城时的必经之地，只听得一阵狗吠，有几条狗从山坡上冲了下来，白天从这儿路过几次都平安无事。这些看家护院的狗白天是被拴着的，晚上就会被放出来，各家都是这样。

这群狗疯狂地追车，有的甚至跑到了车的前面，很有点前后夹击的味道，前面的狗转过头来，呲牙咧嘴，眼睛在车灯的映照下，回射出一个个荧光般的亮斑。我想，黑暗中狼的眼睛大概就是这样的吧，不过，我很担心它们会扑车，倒不是为我们，而是怕转动的车轮会伤害到它们。我是关心它们的安全！我想，还是尽快通过了事。

身边正在开车的他竟然将车速减了下来，半打开门，看样子是要打狗，好像还要下车的样子……我一下想起了孟宝手腕上的疤痕，知道他是在显示男人的威风，不过冒这个险实在没有必要，我劝了两句，意思是说，还是赶快回去要紧，没必要和它们纠缠。虽然他听不懂几句汉话，但显然还是“看”懂了我的意思，不一会儿就把车门关上了，加快了速度，弦外之意很是明白：你看到了，

我不怕它们!

日子就这样一天天过着，显得风平浪静。

突然有一天，孟宝好像也在，正在闲聊的我们忽听得帐篷外一阵骚乱，一阵马蹄踩踏地面的声音夹杂着人声由远而近一下就到了帐篷外面，出事了！一种不祥的气氛顿时笼罩在每个人的心头。大家起身就往外跑，我也紧跟在后面冲出去一看，几个骑着马的牧民正在急促地对孟宝大哥说着什么，也就转眼功夫，他已骑上他那匹心爱的白马随他们飞身而去，一下就不见了踪影……

孟宝告诉我，有人偷了牦牛!

啃啃，原来，这就是男人的威风！每当灾祸临头时，你们这些热血男子汉就会这样披挂上阵，宁肯舍却性命也要保卫家园!

性情各异的藏狗

听说过藏獒，在内地也偶尔见过一次，但到了藏区，却认不得了。因为在我原来的印象里，它们都是些庞然大物，野蛮、凶悍，而藏区的狗，不管大小长啥模样，一个个都是威猛凶悍，都有藏獒的气焰。它们有的脑袋硕大，黑乎乎的像一个小号的狮子；也有头上顶着两个白点，眼神狞厉，身姿矫健，凌然不可冒犯；还有些年轻的小狗，狂吠起来也是无休无止、惊心动魄，甚是了得！干脆，我也别分类了，一律称它们“藏狗”得了。

牧区的藏狗，可绝非像我们城里人家养的宠物狗那样干干净净，皮滑毛顺。它们一个个都是饱经沧桑，“衣衫褴褛”——那是长年累月被放养在旷野中，泥水交加形成的风范!

说是放养，并不是没有束缚，因为它们白天多半都会被拴起来，真实的生存状态就是：不管酷暑严寒，任凭风吹雨淋，绝无防晒御寒之所、遮风避雨之物，它们完全就是挺立在风雨雷电烈日严寒中长大的，并且，依然故我，痴心不改，忠心耿耿地为主人防贼防盗看家护院。瞧瞧拴狗的那片狭小地盘，早已被它们踩踏得一毛不拔，不见一棵草根，裸露的土地逢到雨天干脆就变成了一堆稀泥，连干点的地皮都没有，以泥泞为伴的它们，一个个身上的皮毛都结成了板块，大大小小零七碎八地挂在身上，与其说是穿一身盔甲，不如说更像是穿着一身破衣烂衫。牧区的藏狗，没有一条不是这个模样。我经常会看到的一种景象就是：一条或立或卧的藏狗，要么警觉地佯睡，要么虎视眈眈地怒视，而它们旁边通常是放着个空无一物的破盆子。恪守职责无怨无悔，这就是藏狗的品格。

草原上的牛，草原上的羊，草原上的狗，还有草原上的孩子，无一不是放养的！我不由得心生一种感慨：放养，这就是生命的强度！

有几条藏狗，给我的印象最深刻：

最早的，就是拴在孟宝家门口的那两条。我是看不出狗的年龄，它们都不太大，第一天见到我，就狂吠不止，到了第二天，我都住了一晚上了，对我的态度依然没有丝毫改观，真是有点过分！其实我还是挺喜欢狗的，很想和它们套套近乎。我看了看它们空空如也的食物盆，转身进屋拿了一些吃剩的米饭，显然它们正是饥肠辘辘，一阵狼吞虎咽后，那条小一点的狗不叫了，只是看着我，而那条大一点的狗却又开始冲着我叫个不止，竟然像是什么事也没有发生过，真让人面子上有点过不去！

隔天，我又拿了点……好像是骨头一类的东西，扔给了小一点的那条狗，显然，骨头的诱惑还是更大一些，那条大一点的狗虽然还在叫，但明显不如先前劲头那么大了，它眼巴巴地看着小狗津津有味地啃着骨头，显得有点无奈。随后，我又喂了小狗一块，等了好一会儿，才给了大一点的那条狗，看来，管

用了，它俩都不冲我叫了——狗还是聪明，分得清楚亲疏敌我，当然，这很简单。

这条大一点的狗看来生性比较野，我注意到，它额头上有两个白点。有一天，我眼看着它在一番奋挣之后，竟然摆脱了绳索跑了出去，真可谓是挣脱锁链求解放，眼瞅着它在不远的草地上左奔右窜纵情狂欢自在自得的样子，不由得不为它高兴，同时也担心它还会不会再回来……它家主人知道它跑了并不着慌，说这已经不是第一次了。

第二条藏狗，是孟宝他大哥家的。

他家这条藏狗身形矫健，很是漂亮，那天我一见，就喜欢，放下东西，我直接带着面包找它去了。显然，这条年龄大一些的藏狗更聪明懂事，他看出我是他家主人的客人并且对它友好，从吃第一口面包起就不再叫了。我把面包抛向空中，欣赏着它健硕身躯、灵活优雅的腾空姿态，心中好不羡慕，我要是有条件，就养一条这样的狗！自此以后，它一见到我，便会温顺地走过来，摇着尾巴，以至我感觉可以摸一下它的脑袋……不过，还是忍住了。

让我有点不愉快的是，有一天，来了个藏族小伙子，狗是一视同仁，冲他吠叫，本来看家护院是狗的职责本能，岂有不吠之理！不曾想那位小伙子耍起了彪，竟然过去喝斥它，用大长袍袖子抽它，它当然是威武不屈，吠叫得更凶了，脖子上的链子被挣得哗哗直响，只是有碍于捆绑不能脱身猛扑，而那位小伙子竟然利用了这一点，将铁链子拽了起来，勒狗的脖子，甚至想把它拎起来。这一不公平的争斗持续了足有几分钟，我真想过去踹他两脚！

第三条藏狗，是孟宝带我到他岳父家去的时候，他家那条狗大概是我在牧区所见到的最凶猛的藏狗之一。黑黑的，大脑袋瓜子，我还没走到孟宝岳父家门口，它就开始惊天动地冲我吼，那声音若按人来类比就肯定是属于男低音了，有共鸣，嗡嗡作响，威慑力真是够大。进屋聊了一会儿，我还是惦记着它，于是又一个人出来想给它拍几张照片，不料想它是怒气冲天，又蹦又跳，最惊险的一幕出现了——我眼瞅着拴它的那根铁橛子一点一点往上窜，它扑一次，铁橛子就往上升一寸，我感到了危险，大概再有那么一两下就会上演一场恶狗扑食的惊险动作片了，我将会是藏狗的饕餮盛宴——我已做好准备：当它最后一跳时就窜进帐篷里去！正在这千钧一发之时，帐篷里一个女孩闻声跑出来了，显然她是意识到要出问题！女孩上去拽住了铁链子，不知安慰了狗几句什么，那条狂躁不已的狗竟然乖乖地像只大猫一样地趴在了她脚边，这不是成心欺负生人么！

好一个善良细心的女孩，看着她苗条秀气而又结实饱满的身材、友好善意的眼神以及身边顺从温良的恶狗——美女与野兽！对比是如此地强烈！善恶相遇，却又是如此地协调默契！这好像很能暗示点什么：譬如善恶、智慧，或其它什么人生深奥的道理。

这位小姑娘站在那里，侧身拉着拴狗的链子，看着我，只是笑，不说话。粉绿的衣衫映衬在青绿的山川之间，一缕头发飘落在年轻的脸颊上随风拂动，我不由得又在赞叹：好动人的画面，真的好美！——她成为我后来作品中的重要形象之一。

这条狗，也是我这次到藏区最喜欢的狗之一。人为什么会喜欢这些强悍凶猛的动物？如果说狗是因为忠诚，那超级杀手嗜血成性的狮子，还有豹子，它们可一点也没有人们盛赞的狗的秉性，然而，人们却一如故我——喜欢它，欣赏它！可是，别忘了，人们并不喜欢鳄鱼、野狼、野狗，一如狮子豹子的嗜血成性。看来，这里面还有更深一层的道理。

还有一条狗，想起来就令我生厌，却也印象深刻，那是孟宝邻居家的小狗。

一天，我从邻家路过，听得狗吠，挺狂，低头一看，却发现原来是一条——有点像北京称为京巴的那种狗，但眼睛没有那么大，反正是挺难看的。我向前进一步，它就退一步。我绕着走，它就追着叫，一副不依不饶的神气，瞧它那张奇特的脸，两个傻眼珠子直勾勾地瞪着我，下巴颏上残缺的大牙竟然呲在外面还往上兜，我从来没有见过这么丑的狗，好在它不属于我所定义的藏狗。

夕阳拂炊烟

同牧民朝夕相处吃住在一起已有近二十天了，精神上的喜悦和收获自不待言，只是身体上开始出现了一个不好的症状，起初只是有点咳嗽，嗓子疼痛，我想这与我整夜把鼻子伸到帐篷外喘气有关系，身体总会有一点儿轻微的不适，我安慰着自己。固然，高原深夜清冷的风有时也会让我隐隐有些担忧，但委实是那要命的烟惹的祸！

在藏区感冒后果的严重性，我早就听说过的，但我并没觉得它会临到我的头上，我只是想先到阿坝看看疼痛的嗓子，我还惦记着同活佛一起去马尔康呢！因此，抽时间回了一趟久治县城，安排一下行程。一到家，杨智和他的父亲就对我能在牧区呆这么久深表赞叹，杨智说：我们都在这里默默地佩服你呢！他父亲也说，你别看我是牧民出身，现在如果让我到山里去，呆不上三天我就得跑回来。有这么严重吗？我心里暗想，如果不是跟活佛约定去马尔康的时间快到了，我还能继续呆下去，我要赶在走之前尽快把嗓子治好。现在回想起这一幕不由心生感慨：那时候的我，可真是够生猛的！

把画好的仅有的几张不好拿的宝贝大素描，还有根本没用得上的皮宣纸和一大卷素描纸仔仔细细用塑料布包了起来，交给杨智，他说正好过几天他也会外出，路过阿坝，帮我捎下去。随后，我购置了一些小礼物准备送给孟宝和他大哥家孩子做纪念，骚扰了这么多天，聊表心意吧。

这是临行前最后一个下午。孟宝来了，第二天一早，它将送我到久治县城乘车，回阿坝。

孩子们各自拿到自己的礼物，高兴极了。桌子上摆了一堆我在高原小卖部买的各种食品——这也可谓之是名副其实的“最后的晚餐”了。藏族朋友们好像都不善言辞，当然也有语言的障碍，那天没说多少话，只是从他们的表情和

眼神里看到了友善和留恋。

我们来到帐篷外面准备拍照留影，老天是不是有点不舍？半阴着脸，不过光线还足够用。我一张一张地给他们拍着合影：孟宝和他大哥，孟宝和他大哥的全家，大哥和他的爱人，还有孩子们，孩子和孩子的朋友……看来这对于他们来说很是隆重的时刻，都穿上了自己最好的衣服，尤其是十八岁的大女儿，换了一件闪着光的，鲜蓝底彩绸（或是缎子）大花褂，板板正正，其实她不晓得，穿在她身上最好看的衣服，是那件石绿色的。

站在我住了十几天的大帆船前往四处观望，这渐渐熟悉起来的山、水、草地，还有云，心中说不出是一种眷恋，还是一种感叹。几年前，十几年前，几十年前，它们应该从来就是这个模样，只是没有我……

在孟宝家时，我就发现高原的云最是变化多端，美妙而又奇幻。这儿的云却和孟宝家的云又有不同，不知是不是因为海拔更高了的缘故，经常出现的景

象是：周围所有能看见的山头都笼罩在云雾里，只露出下面矮矮的半个腰身。上半截是白蒙蒙的云雾，下半截是茵茵绿草人间，静静吃草的黑牦牛。天地被分割得如此清楚，距离又这么近，不由你不产生一种如梦如幻的心境——不知心在何地，不知身处何方。

那扬鞭催马蓝天绿地映衬下的单薄娇小的身影；那骑马俯冲而下挥动双臂活力四射的阳光小伙；那夕阳下草地上铁塔般站立着的威风凛凛的汉子；那温情柔顺无怨无悔相随相伴辛苦操劳的伴侣；那漫山遍野到处乱跑活蹦乱跳不知疲倦的孩子；那结构分明清瘦英俊的面庞；那略带羞涩腼腆亲切的笑容；那长了一幅凶悍模样、鹰一样眼睛却闪烁着诚恳善意光芒的眼神；还有那不管今夕何夕永远只是低头吃草的黑黑的牦牛、狂蹦乱跳大吼大叫的藏狗、匆匆忙忙窜来窜去的地老鼠，当然还有那清冽的溪水、满山的野花……

有一幕，始终让我难以忘怀。那是在孟宝二哥家的那个傍晚，旷野上近近远远散居着十来户人家，也是我所见到的牧民聚集密度最大的群体。天上云层密布，压得很低，夕阳躲在云层后面，偶尔会斜斜地挤射出几道光束。应该是做晚饭的时候了吧，只见在这群山环绕的一大片平展的绿茵之上，炊烟四起，袅袅冉冉，风好像也早已偃旗息鼓，不忍打乱这世间的宁静。于是，这一缕缕缥缥缈缈婀娜多姿的白色身躯，扶摇直上慢慢升腾，远远看去，条条缕缕，像一根根擎天玉柱，直入云端——天地就此交融。

夕阳轻拂着天上的云，也轻拂着人间的烟，好美的画面——这片神灵眷顾的土地！

佛祖佑护下的这片生命的热土，它的力度和热度，已传染给我。固然，我留恋，然而，我仍将告别。我知道，它已烙印在我的心底，再也不会剥离。

天那边

红尘遥远。

这是我在牧区的这些日子里时常想到的一个字眼。在这人烟稀少的牧区，天地澄明辽阔，远离了人世纷乱的纠缠，远离了都市生活的尘烟。然而，天上有几多天上的欢乐，世间有几多世间之梦，是什么走过了时间，走过了生命？

看见的，都是瞬间；隐匿的，却会永恒。不管是纯净无瑕的天上，还是繁华锦绣的人世，都仅是一些光影，一些片断，而这一切所见之物，亦将会随着时光的流逝而消解终归于空无；而那些隐匿的，看不见的，却在影响着你的生活，涤荡着你的心灵，并且，还将世世代代流传下去……

我在构想着我的作品。其实从我入藏区第一天，就在寻找我创作的着眼点，心里一直在不断地折腾、纠结之中。

藏区，总是给人一种很遥远很神秘的印象。从成都到阿坝，西上进入青海久治，再深入山区，峰回路转，渐进佳境。人烟稀少牦牛成群，藏包点点星光灿灿，完全像是进入了另一个人间，另一个世界：天地如此明澈清新，原来所有的一切都会如此透明。时间缓缓像要凝固，变幻的只有白天和夜晚。失却了时空失却了概念，也失却了世间惯常的参照，于是乎，一切便都变得坦荡，坦然，释然，无始无终，生命自此也就淡定从容起来。于是乎，便有了轮回，便有了再生，便有了一元复始生生不息。当然，我脑海里也不时闪现过熙熙攘攘的王府井街面，恍如隔世，很是奇异，很是鲜明——过去是藏区遥远，现在是城市、人群、曾经的生活遥远；过去是车水马龙高楼大厦熟悉，现在是碧水蓝天苍茫青山顺眼……这的确很奇特，心情很是复杂、纷乱。

来去本由天意，生命各有归属。

藏区，依然神秘，但已不再遥远；藏区，是在天上，但不是天堂。

创作的思路渐渐清晰——我曾想把不同人群的生活景象并置，将天上人间对比呈现：藏族同胞与市井人群，楼房与叠嶂山峦，重叠迷幻，时空错位，不知是否更有意味，但实难割舍藏区明净清澈的印象，不想破坏它，最后还是决定：纯粹，干净！

就以单色的绘制手段，丝网印制在不会遮挡视线的材质上，完全敞开的，薄薄的，重叠的，一眼就能穿越，让一切都清亮、透明、悬浮、飘渺起来。

藏族同胞形象的描绘不要太多变形，依然还是要忠实于生命形态的真切、

可信、原生态，这是我这几十天牧区生活最真切的感受，也是收获。只有近距离地观察、体验、生活在他们中间，才会晓得，原来每一个细节都有温度，都是如此感人——这是生命的一种热度，更是一种强度。

有这样一群人，若有若无，生活在遥远的天那边……

构想逐渐成型：

处于时空中的生命现象不断地生成、衍变，一切都只不过是时空流程中的一个个片段，像一片片通透、悬浮、飘渺的影像，稍纵即逝——“真实”，也会因其时空的流逝而变得不再确定，在相互叠压重复中，演化成某种“既清晰又模糊”的虚幻。时空流转交错，万物交汇变形……

想起了自己的一段文字：

我们很偶然地来到这个世界，很偶然地成为一个人，一个具有饮食、思维、喜怒哀乐的人，我们说不清楚自己是亚当夏娃的后代，是女娲抛撒的泥团，还是达尔文认定的猴子的子孙……如果不是这样，那我们又会是什么呢？一只羊，一条虫子，一粒游走于天外无着无落的浮尘，还是山那边一朵美丽的花……

回阿坝

并非只有灯光才能照亮前程，也并非只有雅鲁藏布江的江水才能把心洗净，这歌声同样能穿越黑暗，涤荡心灵，以至，照亮你的人生……

回阿坝

在久治牧区与藏族同胞一起同吃同住刚好二十天，让我真切地体验到了另一种生活，另一种人生。它给我内心留下的印记，无疑是非常深刻的。

回到阿坝，方知身体亏损严重，马尔康没去成。我爱人闻讯从北京赶来阿坝探望，共度短暂美好时光。

抓紧最后的时间，在阿戈和我爱人的协助下，四处搜罗“模特”，又画了几天，然后收拾行装，告别。

天上的歌声

久治到阿坝的车很少，人很多，所以非常拥挤。我和孟宝到车站时已近中午，直到下午挺晚，才在杨智的帮助下好不容易买到一张站票，挤上一辆车——还属司机特别关照，为了我这北京来人。

司机安排我坐在车头介于副驾驶和发动机之间的一小块空地，当然没有座，他塞给我一个马扎。

车上的人，毫无疑问，挤得满满的。坐在我身后的，应该是两个藏族姑娘，因为我听到了她们说话的声音，挺年轻。她们肯定也是被挤得够呛，其中一个藏女的膝盖，直接顶到了我的后腰，知道也是无奈，我没有回头。

车启动，一路下行，速度挺快。开始一段路不像成都到阿坝时那么多的盘山道，而是高高在上平平缓缓视野开阔，俨然是行驶在天路之上。有了先前的经历，偶尔有点盘山道已无感觉，更何况司机还是个老司机，开起车来显然比从成都来时那个小伙子稳健多了。

不知何时，天已经黑了。山里的夜色，显得格外浓厚，很快，便什么也看不见了，只有车前两束光柱，像探照灯一样，警觉地搜索着前方的路，让人不由得对它们平生一种信任，似乎只有它们才能带我们找到家。

车行驶在一片黑暗中，四六不着，很有一点悬空的味道。让人奇怪的是，车上这么多人，竟然没有一点声音，不知他们是全都睡着了，还是慑于这黑暗的威力，总之，一片寂静。也就在此时，没有任何征兆，神奇出现了，恍若石破天惊——身后两位姑娘，突然一齐唱了起来！声音一起步就很高亢，旋律开始还比较徐缓平展，后来便越唱越激越，越唱越嘹亮，当唱到最高潮时，竟戛然而止，停了足有四五秒钟，鸦雀无声……这就唱完啦？当我回味着高亢后的余韵惊叹这非人间能有的歌喉时，清亮的、婉转的歌声又如柔柔的细丝袅袅的烟雾一样升腾了起来，从低到高，由缓到疾，清澈如水，甘洌清澄——那叫一个畅快！哎吆，真让人受不了，简直是成心要迷倒谁！

我是第一次如此近距离听到如此美妙动人的歌声，贴得这么近，就在我耳旁，干脆就是冲我一个人唱的！我禁不住失声叫起好来，那可真是一种由衷地赞叹！姑娘们不知是不是受到了鼓舞，歌声没有停顿，只好像更多了一些“柔情”，悠扬婉转，起伏跌宕，荡气回肠，音色棒极了，干净极了，绝对就没有低不下去的音符，没有唱不上去的高音——唉，实在是找不出更恰当的词语来形容我当时的感受了，天籁！感动！这只能是天上才会有的歌声！

多少年后回味这天籁之音，恍若依然就在耳畔回响。我也时常在想，是什么让我感受到如此的美妙，如此打动人？显然不仅仅是那美妙的歌喉，慢慢地，我似乎也悟出了一点道理，这歌声之所以令人感动，有一个不可忽略的因素，那就是它的原生态——那是真正的人声，是人发出来的最本色的声音，没有润色，没有修饰，有的只是人的气息、活生生的生命的热度活力，尤其当她们唱到最高音时，那叫一个恣肆纵情，千回百转随心所欲，简直就是一种原始生命力的狂野释放！

并非只有灯光才能照亮前程，也并非只有雅鲁藏布江的江水才能把心洗净，这歌声同样能穿越黑暗，涤荡心灵，以至，照亮你的人生……

车还在前行，我忍不住往后稍稍倚了一下，还好，膝盖还顶在我的腰上，暖暖的……我不由得有那么一点心得意满起来——能有这样美妙动听的歌声的她们，会长什么样？肯定是非常清秀的那种：高挑的身材，挺直精致的鼻子，上眼帘有好看的凹陷纹的大眼睛，温情善良的眼神，尤其那张能发出诱人歌声灵活多变柔情万种的嘴唇，简直就是一个奇迹……

我始终没有回头看，因为我知道，她们就是我想象的模样！

五天吊瓶

到了阿坝，我轻车熟路，依旧住到了县招待所。

第二天首先要做的事：买一套新的内衣，把旧的全部换下，用热水一遍遍烫洗，把睡袋晾到院子里曝晒，虽然这儿不如牧区海拔高，但阳光同样强烈，因为整个藏区，都比内地离太阳更近些！

想起了阿戈，同他通了电话。他在外地，第二天就回，热情地邀我住他家。我对他印象不错，他待人诚恳，是个可以长期交往下去的朋友，就没推辞。

阿戈家靠县城西侧路北，是一个不大不小的院落，临街是一个二层楼的铺面，也是他家的，租了出去。院里东西不多，显得挺宽敞，迎面北侧是他刚刚修建的几间新房，比较大。西侧有一排平房，是挺老旧的那种，应该是上一代人传下来的，门边七零八落地堆着些杂木工具。阿戈，他大妹妹和妹夫，就住在第一套房间里，安排我住在同排靠后面的一间。

阿戈的妹妹温顺秀雅，善良；妹夫厚实，强壮，也是个还俗出家人。

值得提一句的是，他家和其他藏族同胞家一样，有一条藏狗，很凶，拴在

阿戈住的房间和我住的房间之间，要想不绕行通过它是不可能的——藏族人家的狗，个个凶。我如法炮制，拿食物和它套近乎，它果然心领神会，毕竟是条大狗了嘛，经多见广，爱憎分明，我们很快就相敬如宾了。阿戈的妹妹采让吉告诉我，不要喂它大骨头，它已经老了，牙都掉了，啃不动了……我不由心中又一阵感慨，这样老的狗还这样尽忠职守，还这么凶，真有点老骥伏枥的气概！随即，不由得又生一种感伤，哎，终归是英雄暮年了啊！我回京后不久，听说它死了。

住下后没敢怠慢，去县医院看嗓子。这时，症状已很明显，不断地咳嗽，嗓子剧疼，撕裂一般，最要命的是，一咳嗽就吐，吐得撕肝裂肺，有几次在路上，我不得不慌忙吐在大街路边被铁栅栏围成一小片一小片杂草丛生的矮矮的冬青里。

医生的告诫很明确：感冒外加维生素严重缺乏，就是清水煮白菜你也得赶快吃！点滴五天，上午下午，一天两针。药物当然有抗菌素，还开了一些口服药，我也记不清楚了，反正对于医生的话，我是言听计从。

我病倒在阿坝治病的消息传到了北京，本是给我夫人说一声，久未联系，让她知道我的行踪，不想她倒麻利，购票，乘车，火速赶到阿坝来看我。

哎呀，她也要来一遍我从成都到阿坝的经历，那种担心，自不待言。不日，她就要到阿坝了，兴冲冲接她的那天傍晚，车没按点到，有点晚，不禁平增一丝担忧。等她的时候，我又几次冲着路边的杂草与冬青较上了劲，真吐得个灵魂出窍——那植物早已被尘土蹂躏的看不出颜色——可真脏！

就在此前一天，发生了一件令我纠结万分的事：杨智和活佛来了，开着车，捎来了我那卷宝贝画和纸。他们要赶路，匆匆地问我，还去不去马尔康，要去就赶快同他们一起上路。我内心真可谓是斗争激烈，矛盾极了！按我以往做事的风格，二话不说，抬脚就走，然而……五天的点滴才打了两天，显然药又不能带着，进马尔康活佛要去的那个地方骑马还要走半天山路，带药到那儿打针显然是不可能，万一病情加重倒下了有可能都出不来了，使用这类抗菌药的常识我还是知道一点的，不能停，要连续打完，不然后果难测。

终于，理智还是战胜了情感，我十二分不情愿地说，我去不了了，心里还在满心盘算着，已经认识了杨智，认识了活佛，来日再找机会……唯一或可得到些宽慰的理由是：我要等我的夫人。

那是一个阴郁的、灰蒙蒙的傍晚。

夫人到了，好像待遇也不一样了，本来我还是睡着我的睡袋，现在好，全部换上了新被褥。我夫人还给阿戈三个妹妹带来了纱巾什么的，大家新鲜，高兴。

提到阿戈的妹妹，还得补一句，我在医院打点滴的时候，看到对面房间一位年轻的母亲，抱着一个孩子，大概是在给孩子看病，她的形象一下就引起了我的注意，太带劲了，又是一类藏族同胞经典形象，我真遗憾没有带着相机偷拍一张。不料，打完针回到家，见有客人在，一瞅，正是她！原来阿戈有三个妹妹，她是最小的一个。多好的机会，可惜我瞅了半天，终于还是没好意思提出来给她拍张照片留念，毕竟是家人，第一次见，唯恐会冒犯，况且，他哥哥就是搞摄影的，也不会缺照片……

人就是这样，同是一个人，有时候会勇猛无畏无所顾忌一往直前，有时候又会思前虑后缩手缩脚丢三落四。等回到北京我才发现，除了同阿戈有一张合影，还是深圳那一帮子在时拍的，从阿坝到久治再回到阿坝，我竟然没有一张同藏族朋友们的留影，委实是件憾事！

病情仍不见好转，而且开始有了头疼，我是最怕头疼，只要有一点发烧，我就会难受得“百念皆休”。正在一筹莫展之时阿戈告诉我，有一个私人诊所，医术特别好，是一位退了休的老中医。“有病乱投医”正是我此时的真实写照，我忙不迭地四处打探，寻踪而去。

老中医问了下病情，量了下体温，三十七点几，低烧。号了下脉，八十多下，平添二十多——我在家平时脉搏也就六十下出头，看来一到藏区我那颗相伴几

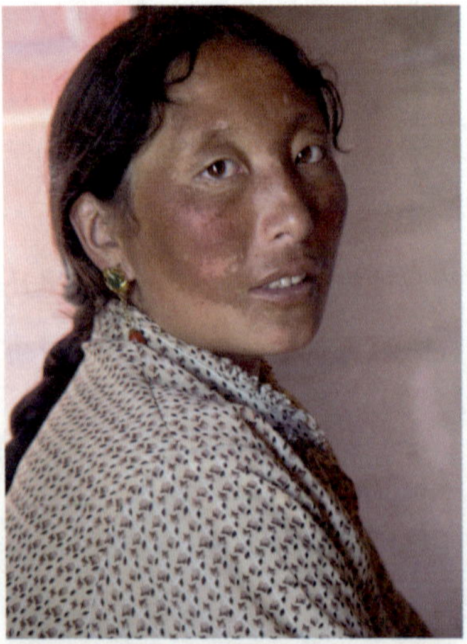

十年的心脏就一直这样努力地跳着，真辛苦它了！

老中医说：人若年轻时没来过高原年龄大了再来就会有危险，看来你身体还不错，经常锻炼吗？我心中窃喜，顺口应道：喜欢游泳。他好像有点赞许地点了点头，又开了些口服药，临走前他的最后一句话吓了我一跳：再有两天不好，你就赶快下去——当然是指回内地！

后来谈到此事时好多朋友们都说我是侥幸。高原最怕的就是感冒，一旦得了肺气肿就完了，要死人的！

不过他们的嗔怪令我最懊恼的，还是没吃藏族同胞吃的东西，主要就是糌粑。他们吃什么，你就吃什么，他们能活，你就能活，保准没事——多么明了的道理！咳，是我那顽固的自以为是的观念，还有那些方便面和榨菜害了我！

住在二楼的邻居

夫人到的第一天晚上，心想她睡到半夜肯定也会同我一样被胸闷憋醒，我干脆到时先叫醒她，陪她说说话，也会减轻一些症状。半夜时分，我打开灯，摇了摇她的手，问她是不是头疼了？没想到她竟然还睡得挺好，对我叫醒她很是不满：人家睡得好好的，干吗叫醒我？！就这件事，至今她还拿来挤兑我。

她这一醒，倒是发生了一件令她每当提起就喜形于色的事情，说来，那真是一个意外——我夫人肤色是典型中色度，或说微重，我比她浅多了，当时我摇醒她的手还握在她的手上没有松开，我俩几乎同时惊异地发现，那简直就是鲜明的黑人和白人肤色的对比！当然，我的黑，她的白——没想到我已被晒成了这个样子！对比这个东西，就是有效果，我俩都禁不住同时哑然失笑，还唯恐惊醒了邻家阿戈，遗憾的是，当时怎么就没想到拍张照片留个纪念！

我是从来没有用过防晒霜一类的东西，甚至从来就没有过这个意识。高原的太阳真是很厉害，记得来了不几天，只要晒到阳光的地方已经开始隐隐作痛，脖后根、耳朵、鼻子……然后，就开始暴皮，可以用手一点一点地搓下来……咳，高原的阳光实在太热情也太无情了！

半夜醒来，又兴奋了一阵子，想再入睡，还真有点困难，其实，让我们不能入睡的原因还另有蹊跷——那是因为我们吵醒了另一家邻居！

房顶护层板上突如其来的一阵响动，把我俩吓了一大跳！咚咚咚、咚咚咚咚，凌乱而又强烈，还夹杂着一种抓挠擦磨的声响。稍静，再听，好像是些什么东西在跑动，一阵急似一阵，从这头，窜到那头，而后，又窜了回来，挺杂乱，还有重有轻。晚上的脑筋，转得就是有点慢，当我们恍然大悟——一阵小老鼠的吱吱叫声恰巧也传了出来，看来，是有一窝老鼠在上面安了家，挺不老少的一窝，有老人也有孩子——哈哈，我们虽然没有吵醒阿戈，却是把这一大家子吵醒了……

房顶好像有一层夹板，中间是空挡，夹板不知道是不是纸还是什么糊的，肯定不会太结实，这不禁让我俩感到有点紧张——如此大的响动，力道小不了，万一它们踩漏了什么地方掉下来……再睡时，我俩把头都蒙了起来。

第二天，我俩把这事告诉了阿戈，他饶有兴致地听着我们的描述，很是有点惬意。

次日早上，他见到我们第一句话：二楼的邻居怎样了？又闹了吗？我看着

他煞有介事一脸的严肃，本以为是个正经问题——明明是平房哪来的二楼邻居？随之一闪念，大家一阵哄笑。阿戈倒是蛮风趣。

可能是忌讳杀生吧，不知这二楼的邻居和他们和平共处多少年了。

当年也是一条好汉

老中医要我“下去”的话虽然有点“耸人听闻”，但对于我还是起到了警示和提醒作用，我真有点不敢轻举妄动了。不过，我不相信我真有那么倒霉，我期盼我的身体快点好起来。

杨智一走，马尔康没去成，等于是又刺激了我一下——既然失去了这个良机，那在阿坝也不能闲着养病！说实在的，我有点急眼，我要补偿这一损失，想尽办法也得找人来画！我在街上家具店购置了一块 1.2 米 ×2.4 米的标准尺寸大木板，是碎木冲压起来的，权当画板，架在了阿戈新建的大房间。

阿戈和我夫人算是忙了起来。我们采取的策略是：仨人一块儿满大街找模特，只要我感兴趣的，他俩就上去搭讪，阿戈是藏族同胞，这就方便了许多，一接上茬就谈条件，无非是给人一点报酬，根据商定好要画的时间长短。到后来，干脆我都可以不用亲自出马了，他俩已经对我想要找的形象了然于心，要找谁，完全由他俩决定。时到今日，我夫人谈起找模特的经历还是兴致不减，她总会提到一次好玩的经历，在街上，她看好一个挺帅的小伙子，就盯着他看，小伙子发现了，假装没事，然后悄不然一扭头，发现还在盯他看，急忙又回过头去，脸都红了……

首先画的一个藏家女人，是阿戈家的客人，是带孩子来阿坝看病的，在阿戈家落落脚，画了才一个多小时，她就坐不住了，要急着赶路回去。这也是我进藏区所画的唯一一张比较典雅优美的肖像，时至今日每当看到它，都能回味起当时的情景。去搜寻去捕捉去描绘那微妙的形神的过程，真叫一个过瘾!

随后几天，又断断续续画了几张，忍着轻度的头疼和气力的不足。其实自打进藏区以来，我的头就没有真正舒服过，睡觉也没有踏实过，总是半睡半醒，现在又加上感冒，身体状况更是大不如前，不免会时常想起郎木寺那舒服的一觉，算是个例外。我期待，择日再去。

九月十几号了，北京的学校应该已经开学了，我似乎已经看到校园里又开始熙熙攘攘热闹了起来。我们的行程即将结束，我还在坚持着，我要画到最后一天。

记得最后一张，应该画的是一位老人，不知他真实的年龄，大概会有六十几岁吧，挺精神，目光炯炯、明亮，鼻子高又直，身材高大。开始，他有点拘谨，坐在那里不知所措，随之的一个小小的举动引起了我的注意：他从腰里摸出一个小白盒子，眼看着他把一些白色粉状物倒在了左手食指侧面，然后右手捏了一小撮塞到了鼻孔里……瞅着他双眼紧闭十分过瘾的模样，我心里不由得犯嘀咕——该不会是“白面”吧？！——这是我所能想到的，也是从小说、电影上得到的“知识”。随即，又打消了这个念头，我不相信会有人敢在光天化日之下干这事，应该是鼻烟一类。看到我们挺和气，他很快适应过来，开始坐在那里不停地说话，好像是说给我们，又好像是在自言自语，反正我也听不懂，就自顾画自己的。阿戈进来了，站在一边看，问他这位先生都嘟囔了些什么？阿戈说，他说他当年年轻时，也是一条好汉！

无语。那张没画好。

招摇过市

身体渐渐恢复，心情也有所好转，离开的日子就要到了。

阿坝的气温还是比较低的，我和夫人都想添置件藏服，也是留个纪念。她很欣赏甚至有点羡慕藏族女人的长袍装束，紧束的腰身，修长的身材，走起路来，还真有点风姿绰约。我夫人对自己的着装风格还是蛮有把握的，她平时喜欢穿的就是一些别致、有特点的衣服，若穿上藏族同胞的服装，肯定好看。她和我一样，不仅喜欢藏族同胞，也喜欢藏服，于是决定，干脆买一件藏袍。

那时阿坝的民族传统服装店并不多，我们很容易就找到了最好的一家。根据季节，店主人建议我们买一件单藏袍，眼下正好穿。果然，长长的藏袍往身上一套，腰一系，身材也显得修长了许多，效果果然不错！我也找了件粗布白底的大褂，上面缝制有佛家法器等八宝吉祥纹样，顺便又买了两顶藏帽，几件带图案的上衣。

藏服一上身，顿感神采奕奕精神焕发，再把藏帽斜斜地往前额一扣，傻子才说不酷！我俩很满意，一出店门，就挽着手在街上悠然自得地溜达起来，开始还没注意，很快便感觉出气氛有点什么不对劲，扭头一看，发现街上好多人都站在那儿怔怔地看着我俩，起初不知为啥，后来才觉得应该是好奇——从哪儿冒出来两个假藏族同胞！大概在阿坝街面上像我们这样穿着藏袍在大街上勾腰搭背招摇过市的汉人还从来没有过。……对了，这就是“招摇”！第一次感觉到这个词是这么贴切，用在这里是如此地恰如其分！藏族同胞的眼睛也真厉害，怎么一下子就认出来了？

街边坐着个老人，不知何故远远地冲我们这边打手势，当走过他身边时才

发现他笑脸盈盈，是冲我俩来的，只见他一边伸出右手掌心朝上不断地扬起，一边从嘴里发出呜呜的声音，太明显了，那是友好，还有赞许！我们也还以友好甜蜜的笑容——整个街面似乎都因我们的应答而活跃了起来。后来阿戈告诉我们，掌心朝上频频抬起，那是对身份高贵的人表达敬意和赞美。

藏族同胞表达情感的方式也各有特点，一般都是远远地盯着我们看，不过街边有几位妇女，倒是毫不掩饰她们的热情，不知是不是因为视力的差异，我们还没看见她们呢，她们早已注意到我们并做好打招呼的准备了，还没等走到跟前，她们就先友好地笑着向我俩直挥手，还连连不断地用简短的汉语可劲地喊：漂亮！漂亮！显然她们是真的高兴，好像比把自己打扮得漂漂亮亮还要高兴。她们的表达方式，我喜欢，有女人的温度！

男人的方式，就不同了。我俩正沿街道悠然自得地自西往东漫步，忽听得左边马路上汽车喇叭嘀嘀嘀拼命地叫，显然那喇叭声是冲着我们来的，可是我们在人行道上走，并不妨碍交通呀，我俩纳闷地扭头一看——车上的黑脸司机爆发出一阵憨声大笑，随之，开车走了……

还有的方式更有意思，回到阿戈家，放下东西，阿戈的小妹和孩子也在，邀他们兄妹一家到家门口小饭店吃个便饭，也算是道个别。我俩先行一步，刚迈进饭店门槛，对面桌上坐着的几个男女藏族同胞好像约定好了似的，一起回过头来，直盯着我俩看，也不说话，从他们专注的眼神中也看不出到底是高兴还是好奇，是猜忌还是怀疑，这一状态足足持续了十几秒钟。开始我俩没在意，不知道他们是在看什么，后来终于回过神来，意识到他们是在看我们，可能也是好奇我们汉民竟然穿着藏服吧，于是赶紧用半生不熟的藏语说了句："乔雅戈"（漂亮的意思）！说也奇怪，他们的表情马上放松了下来，挺高兴地回应着什么，心满意足地陆续回转过头去……

汉族人穿藏服就那么不可思议吗？难道在阿坝就从来没有汉族人穿过藏服吗？我们喜欢藏族同胞的纯朴善良，喜欢他们彪悍英俊的外表，也喜欢他们的服饰，当然就愿意穿他们的服装，这在我们是再自然不过的了。如果说还有另一个原因，那就是他们的衣服穿在我们身上，实在是太好看了，太有味道了，她们不由得不好奇，不赞美！不过，那位黑脸司机是怎样从背影就认出我们是冒充的呢？其实也简单，像我们这样挎着胳膊牵着手在大街上大摇大摆招摇的藏族同胞，可能也是见所未见，闻所未闻的吧。

反正，我们就是得意！体验了一把当明星的感觉，看来还真的不错。想象一下，那人头攒动万众瞩目的场面，高高在上的你，举手投足都会引发一片雷鸣般的掌声，你还会觉得自己是老百姓吗？你还晓得你的姓氏名谁吗？难怪！

我俩在阿坝招摇了一天，当了一天的明星，过了一把瘾——不知阿坝还有没有人会记得起曾经的我们……一对假藏胞。

途经郎木寺

我们雇了辆车，好像也是皮卡一类，车主是阿戈的一个堂兄弟。阿戈亲自送我们到郎木寺，然后我们自己转道兰州回京。

同阿戈的妹妹、妹夫简短告别，启程。

去郎木寺的路我已经走过，我不断地告诉我的夫人，我们在哪个帐篷里停留过，阿戈给我们做了糌粑；哪个地方有一群狗，会排成"散兵线"；哪个地方有一大群羊，我们在那儿吃的煮全羊；哪个地方我们曾碰上两个藏族老奶奶，骑着马赶路，精神矍铄，威风不减当年；还有一个地方，就在路边的帐篷里，有一个挺不起眼的矮矮胖胖的藏族医生，眼睛好像还有一点毛病，有点斜，他的老婆可是又丰满，又高大，又漂亮，并且举手投足之间，总觉得有那么一点诱人的风韵，尤其一笑起来，洁白健康的牙齿，可以用得上“迷人”这个词。我和深圳来的那一帮人，曾在这里休息过，大家纷纷同那位丰满的夫人合影，不少男士显示出对这不那么“般配”的一对稍有微言……其实，那应是一种男人的嫉妒吧。

果然，我夫人对这个女人很感兴趣，说要去见见她。我们一路搜索着，很容易就找到了那个孤零零守在路边的帐篷。果然，我夫人也认为她真可以称得上是一位风韵的女人，大家合影——不过，这位漂亮女人拍出来的照片，实在不如真人好，看上去粗壮了不少。我们应允给他们把照片寄回，详细记下了地址。后来寄是寄了，就是不知他们是不是已经收到？

行前一天刚下过一场大雨，有一小段路很不好走，从大道拐下来要穿过一处处于水泽中间的小路，很窄，路边是水沟，再往外两边都是荒草积水，坑坑洼洼，斑斑块块的陆地裸露在水泽之中。说也凑巧，竟然有一辆小车抛锚了，歪斜在路面上，一侧轮子陷在泥里，后面已经堵住了一辆大车，歪歪扭扭，好像是想绕过去时也出了故障。我们的车也被堵在了这里。看惯了空旷看惯了苍茫，在这少有人迹的原野上能同时看到一堆人三辆车，好像挺不正常，还真有点不习惯！

几个人在泥水里忙活着，我们的司机也下去帮忙鼓捣了半天，终于把那辆小车推上了正路，不过，后面那辆大车看来还是有点麻烦。

为了赶路，我们的司机沉不住气了，上车，轰加油门，一阵颠簸，我们的车拖泥带水竟然绕着冲过去了，藏区的驾驶员就是威猛！

要进郎木寺了，情况又有点麻烦，原来郎木寺村寨外正在修路，不久这儿就要变成旅游景点了——心里不由得一阵担忧，完了，一旦开发出来，神秘原始的郎木寺保不住了。

郎木寺村寨前的工地整个成了一个大泥塘，挖出的大量泥土被堆积在路边，木石杂物，泥沙混杂，乱糟糟的，雨后的泥泞，可以想象，简直就像刚刚发生过泥石流——想进寨子还真有点困难。

郎木寺周边并无可宿之地，无奈，威猛的驾驶员又开始驱车向前，泥浆飞溅……

就要到村寨口了，我回忆起进寨一拐弯小河两边有一些卖藏器、装饰品的小商店，赶明儿给夫人买几件，我心里嘀咕着。短短的距离却是漫长的旅程，左摇右摆吞吞吐吐的车在提醒着我：要实现这小小的愿望，并不容易。

进村寨前最后一段路，显然是最难走的，路两面垛起的土像两座山梁，坑洼的路面完全被稀泥覆盖住了，看不出高低，也看不出深浅。司机唯恐抛锚，又开始发威，现在也只能猛打猛冲，一鼓作气！不妙的是，我发现前面不远就在右侧泥泞中，茬茬拉拉地露出粗粗的几根铁丝，好担心铁丝会把车轴给缠上——也不知道司机是怎么想的，是根本没看见，还是没把这几根铁丝放在眼里，竟然冲着铁丝就开过去了，后果可想而知。

缠住车轴的不是几根，而是一堆铁丝！

司机下车看了看，伸手扒拉了一阵子，站了起来，一筹莫展。

弯腰在旁边仔细观察的阿戈，接替了司机的位置，他把头伸到车底侧面去打量了一阵，然后伏下身子，伸手去拽，缠得太紧了，拽不动。阿戈让司机找来一把钳子，跪在地上，把大半个身子探到车底下去了……随之，干脆整个人都钻进了车底，就仰躺在泥泞里，只露出了半拉下身，好在车子紧靠着路的右侧，泥浆还不是太深……

阿戈终于从车底下钻了出来，好了，他说。

满身的泥水那就不用说了，湿漉漉地贴在身上，看一眼都让人浑身难受，可他好像显得挺不在乎，看到我们的眼神，还在安慰我们：没事，到店里洗洗

就好了。老天，即便洗了，明天也干不了，咋穿？看来藏区朋友这乐天达观的性情都是生来具有的！

我跟阿戈说要多给那司机点车费，他同意。

经我要求，又住到了我上次住过的那个房间，我又开始给我夫人讲述那个下了一夜雨的故事……

就此别过

阿戈他们一早就走了，我们没再见到他。昨晚已经提前告别，他要赶回阿坝，人都有自己的事情。

窗外，清晨的阳光斜斜地照在郎木寺层层叠叠的屋檐上，整个寺院的下半截笼罩在一片薄薄的青雾里，反射着阳光的银白屋顶更显得耀眼、明亮。

透过窗子，我看到清澈湍急的河水一如一个月前看到的模样，欢快地、自顾自地流淌、歌唱。藏家女人又携着大盆、大竹筐、一大堆衣物到河边来了，多少年来，这是她们最熟悉熟练的工作：用最传统也是最实惠的方式——木质的搓板、槌衣的粗木棍，敲打着衣物，撩拨着阳光……

清清的溪流，霭霭的晨雾，清新的早晨，清凉的阳光，我知道，千百年来，你就一直是这个模样……

我面对着溪流，面对着阳光，面对着阿坝、久治的方向，也面对着山峦绿地野花，面对着我不再遥远不再陌生的藏区默默地说一句：再见，我的朋友！

写在后面

回京后，赶拼毕业展作品。我们是年底毕业，一场鏖战。

过去，我对着照片是不能以写生的眼睛去画画的，因为照片是薄薄的平板，没有深度，总觉得是一层隔膜，透不过去。我要面对着活生生立体的喘气的有温度的人，感受着活着的生命的气息，才能画画，才能出笔。然而，这次却不同了——当我把那些拍回来的人像放大，活脱脱好像就站在面前，他们的音容，他们的气息，触手可及。因为还要完成别的作品，掺杂着毕业临头各种琐碎事宜，还有材料工艺等等一应细节要处理，可以说，在毕业前两个多月的时间里，我是玩着命把毕业创作赶出来的，哈哈，还有那些跟着我一起玩命帮我制作作品的朋友……

这件作品，最后以丝网方式印制在两米高的有机板上，由于时间紧迫，每版都必须是一次成功，不容有失——这可不是闹着玩的！

岁月荏苒，所谓可歌可泣……

从 2003 年为搞毕业创作赴藏区写生至今，已经整整七年了。人在七年的时光里，会经历许多事情，也会有许多改变，然而在藏区这两个月与藏民朋友交往生活的点点滴滴，现在回忆起来，依然鲜活、清晰，依然生动。是什么打动了我？穿越了七年的生命时光却依旧记忆犹新，令我回味，令我感动？我想，那或许是因为我触及到了人性中的一种东西——它们有时会显现为一种真诚，一种善良；有时会显现为一种原始的气息，一种质朴；然而有时，却又什么也说不上，什么也不是，它就那么本本色色自自然然，无形无味无色而又无处不在。随着岁月的流逝，所有这一切，便渐渐汇拢了起来，终于升腾、凝集，幻化成为一种穿越时空熠熠发光的东西，那便是——生命的靓丽。

这些文字，基本是沿着我此番行程的时间顺序回味记录，所涉及到的人和情和事，真切真实，都是我的亲历亲见——普通人的普通生活，普通的心情，普通的场景，普通的事，没有渲染，没有添加，然而它却影响我至今。把它们写出来，也是我多年来的一份心愿。假若事件的前后稍有交叠，那也是七年的时光把记忆中的鲜活印象自然拮取择选的结果……

藏区两个月，凝聚成我生命记忆中一颗最绚烂明丽的珍珠！

后 记

此书成文于2010年，也就是我准备再次赴藏探望那些藏民朋友之前，赶写出来的，因为我知道，许多事情，是不能“重复”的，因为一重复，往往会把第一次最生动、新鲜的记忆冲散以至打破。于是赴藏前，我躲到一个僻静的角落里，随之便夜以继日，拼出了这篇“随笔”，亦犹如留住了这段时光。

恍然间又是七年过去了，本书付梓之际，依然能回忆起当年伏案疾书的心情，字里行间满载我的真情实感，可以说我是以谦恭、虔敬之心，对于尊贵的生灵万物的敬畏之情完成的，字字句句发自内心，真真切切地传递出我在创作《天那边》作品时所经历的心路历程——在高天阔土之间感应着天地造物的深奥奇妙，也感应着这一群最接近原生态的生命的呼吸脉动，并被其深深感染、感动，从最初整个茫然无措不知从何下手，到经历了那么多微妙而又起着决定性作用的情感的转变——在种种鲜活的感受冲击下不断地充溢、沉淀、发酵、衍化、升华，由模模糊糊朦朦胧胧的冲动，逐渐酝酿、萌发出一种艺术语言的可行性并越来越清晰确定最终得以成形，这个历程是艰辛而又兴奋的，就像一个孩子面对一个满是宝藏的未知世界，充满敬畏与好奇，步履蹒跚而又执拗地靠拢它、走进它，当历经坎坎坷坷终于发现并获取了一件宝物，破解了一个疑迷，那种激动和幸福，唯有亲历者才体会得到，大概，这就是艺术创作的魅力和诱惑所在吧！

这次青藏高原创作经历，对我的人生观、艺术观影响深远，事实上，近些年我几乎每年暑假都会要求自己去一趟边远藏区，一遍遍重新体味、收集这些即将消失的最本色的有体温热度的“生命气息”。我虽不是专注于西藏题材的画家，但身处当下艺术创作观念纷纭无序的时代，出于回望生命，找寻艺术创作“原点”并由此生发出接近本真生命的作品的思虑，惟愿由此切入，尝试摸索出一条适合自己的艺术创作途径。

清华大学美术学院的刘巨德老师特意为本书写了序言，他是我在清华求学时的见证者，也是与我们最密切、亲近、深得学生信任、仰敬的老师，他理解并坚定地支持我们，在那段激越、动荡的日子里，老师就像一泓永远持有恒温热度的清泉，每当我们略有疲惫稍感风寒不适，总能在他那儿获取温暖，总会在他温厚宽宏的热度中得以舒缓复原。

时光是无情的，它带走了你所有温暖的、亦或是悲伤的曾经；时光也是有情的，有了它，你生命中才富有了那么多色彩，那么多快乐和难忘的回忆。

感谢生活，感谢艺术！

刘　斌

2017年10月10日

ISBN 978-7-5474-2608-1

定价：56.00元